NOTE!
THE ODD BOX SECTION
TIE BAR MAY BE REQ'D
SET DEC. NOTE!
EXISTING NEWT'S HUT
DRESSING WILL REQ' SOME
ADJUSTMENT DUE TO THE
INTERIOR BEING REDUCED!
(EXTENDED)
DETAIL
5
STEPS
LEFT SIDE
VOLTAIRE
SET NO: 05 - 04
DRAWING NO: 44
SET: 'INT NEWT'S MANAGERIE'
STAGE/LOCATION: N
DETAIL: 'EXTENDED NEWTS' HUT"
DRAWN BY: J.K.
DATE DRAWN: 11TH MAY
DATE ISSUED: 11TH MAY
REVISION DATE:
SUPERVISING ART DIRECTOR APPROVAL:
CON. MANAGER
CARPENTERS
PLASTERERS
PAINTERS
METAL
RIGGERS
STAGEHANDS
SCENIC ART
SIGN WRITING
SCULPTORS
SET DEC
PROPS
PROP MANUFACTURING
GRAPHICS
DRAPES
PRACTICAL SFX
VISUAL FX
CAMERA
ELECTRICAL
GREENERY
ACTION VEHICLES
H & S
LOCATIONS
PRODUCTION
STUNTS

EL ARTE DE

ANIMALES FANTÁSTICOS
LOS CRÍMENES DE GRINDELWALD™

EL ARTE DE

ANIMALES FANTÁSTICOS
LOS CRÍMENES DE GRINDELWALD™

DERMOT POWER

PRÓLOGO DE
STUART CRAIG

WIZARDING WORLD

HarperCollins *Español*

HarperCollins Español
Estados Unidos de América

www.harpercollinsespanol.com

Publicado originalmente por HarperCollins*Publishers* 2018

Prólogo de Stuart Craig
Introducción de Dermot Power

Editor responsable: Chris Smith
Editor: Lottie Hayes-Clemens
Diseño gráfico: Terence Caven
Jefe de producción: Stefanie Kruszyk

HarperCollins da las gracias a David Heyman, Stuart Craig, Victoria Selover, Emma Whittard, Melanie Swartz, Jill Benscoter, Katie Khan & Katie MacKay.

ISBN: 978-1-41859-998-0

Impreso y encuadernado en España

AVE DEL TRUENO
Detalle de la cúpula celestial del Ministerio de Asuntos Mágicos de Francia. El estilo está muy influido por los grabados en madera del siglo XVI realizados por Alberto Durero. **DP**

CONTENTS

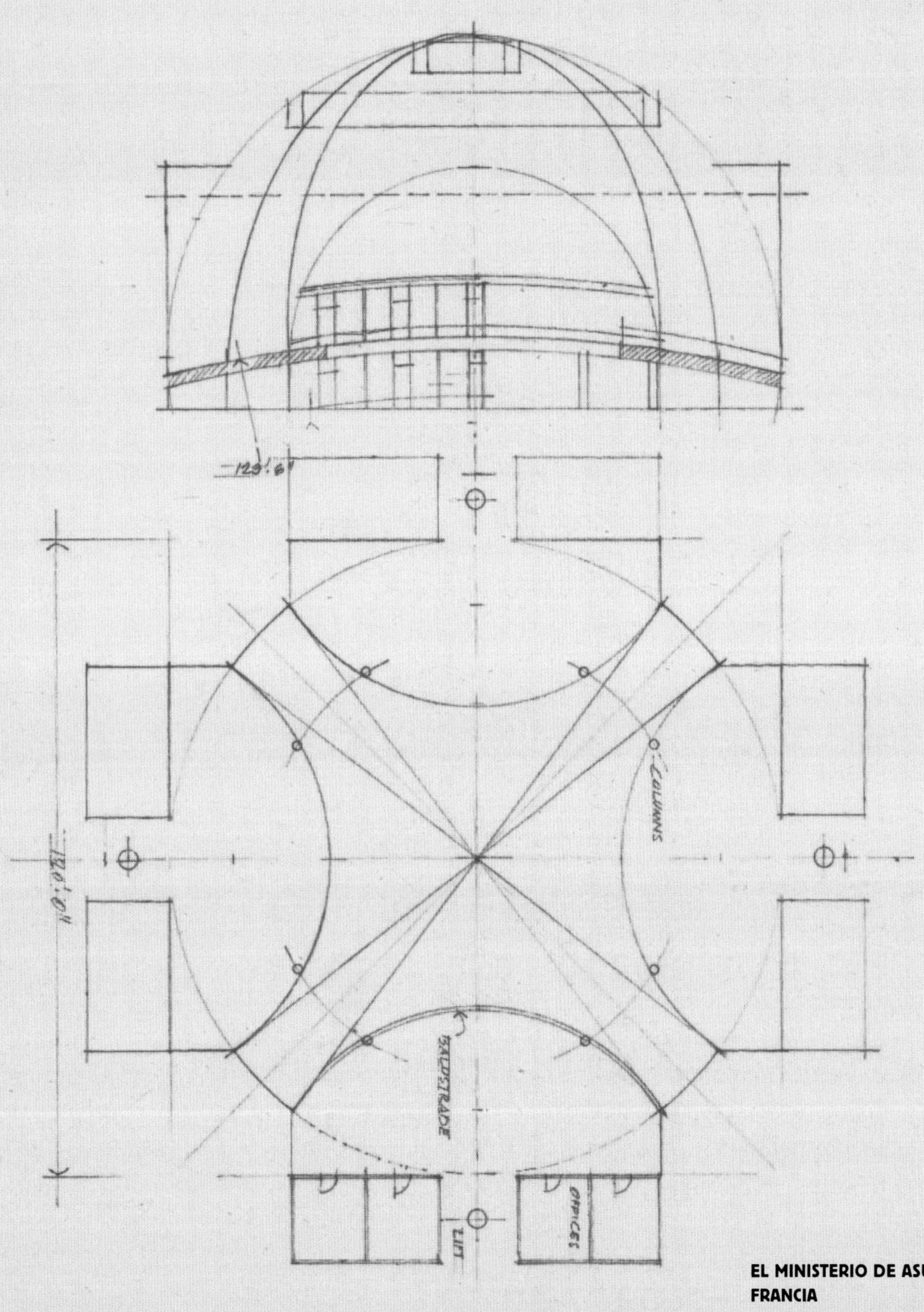

EL MINISTERIO DE ASUNTOS MÁGICOS DE FRANCIA
Uno de los primeros bocetos de la cúpula del Ministerio Francés. **SC**

PRÓLOGO

Aquí se encuentra un amplio espectro del arte de *Animales fantásticos: Los crímenes de Grindelwald.* Desde el París de Haussmann hasta la otra cara de la misma moneda, el mundo mágico y sus animales.

Solíamos hacer bocetos de los sets, porque servían para ilustrar la ambientación y la composición. Los mejores solían ser sencillos, se ejecutaban rápidamente con un pincel ancho, en vez de utilizar uno fino. No eran más que esbozos, pero con frecuencia poseían cierta cualidad "pictórica" muy atractiva. Pasaba lo mismo con los fondos pintados artesanalmente.

La tecnología ha hecho que el fotorrealismo sea posible en el arte conceptual. Se ha ido complicando cada vez más, y el artista tiene muchas cosas que controlar, y la iluminación es la más importante. También la perspectiva atmosférica, las texturas, piedras, pieles, plumas, etc. Pero para estas imágenes conceptuales el realismo no es suficiente. Las imágenes dramáticas requieren cierta exageración; mientras que nuestras imágenes mágicas también requieren credibilidad.

En las películas de Harry Potter y Animales fantásticos, la magia surge de situaciones muy reales y en apariencia creíbles. Eso se logra gracias a la investigación y a la documentación. Por ejemplo, el esqueleto del thestral es parte caballo y parte dragón. Una criatura con seis miembros suponía todo un desafío, pero antes de esculpirlo se dibujaron estudios anatómicos. La densa niebla que cubre Londres era un cliché de película británica en los años cuarenta y cincuenta. Pero la documentación demuestra que era una realidad, una buena imagen, y es hora de revisitarlo. El kelpie es mitad animal y mitad vegetal, un concepto difícil, pero tanto los peces como las algas marinas poseen una transparencia similar en las aletas y en las hojas, algo que resulta precioso en esta imagen. Con estas y otras criaturas de Framestore, sentimos cuál es su camino evolutivo: darwiniano.

En el sótano y en el cobertizo de Newt, esos mundos paralelos se juntan. El sótano es una estructura de ladrillo auténtica, pero con una exageración dramática y parcialmente inundado. En ese espacio húmedo y oscuro, las imágenes que se ven a través de los arcos están llenas de vida, se aprecian los animales fantásticos y sus hábitats. Mientras que el cobertizo de Newt está abarrotado de cosas y es su refugio privado.

En los conceptos de París se aprecian brevemente la base de la Torre Eiffel y la parte superior de las torres de Notre Dame desde la orilla izquierda; no son planos de postal, solo fragmentos creíbles, nada demasiado preciso. Hay muchos fondos pintados digitalmente, ilustrados por artistas conceptuales, que prolongan las calles que se construyeron en el estudio, extendiendo París y su vida callejera hacia el horizonte.

El realismo otorga credibilidad, pero, más que eso, en manos de estos artistas se convierten en cuadros, obras de arte con composiciones fuertes, con carácter, sentimiento y atmósfera.

El Ministerio de Asuntos Mágicos de Francia es muy complicado, está inspirado en el Grand Palais, de estilo art nouveau. El vestíbulo principal tiene una planta cónica y un motivo circular de cúpulas de cristal entrelazadas y decoradas con imágenes de constelaciones celestiales con el estilo de Alberto Durero, con la forma de animales antiguos. Dermot Power lo ilustró a la perfección, fabricó todo un complejo mágico y creó todos los dibujos "Durero" para que el departamento de efectos visuales los aplicara. La iluminación es extremadamente sutil, compleja y muy hermosa.

En esta colección se incluyen sensuales esculturas de art nouveau, elaborados objetos de atrezo, instrumentos mágicos diseñados para resistir cualquier cosa y dibujos a escala hechos a lápiz, más ilustrados que los dibujos en CAD. El conocimiento sobre los estilos gótico y clásico que aportaron los dibujantes más experimentados al proceso de diseño fue un auténtico regalo. Son la capacidad del artista conceptual y la capacidad de los artesanos las que hacen posible el concepto, la combinación de capacidades a veces sorprendentes, una ventaja añadida.

Todo esto se encuentra muy lejos de los "bocetos de decorados" previos a la era digital.

▪ STUART CRAIG ▪

INTRODUCCIÓN

El arte que encontramos en las colecciones de "El arte de..." incluye con frecuencia las imágenes más acabadas y refinadas que ofrece el proceso de diseño de la película. Cuadros muy pulidos y detallados que combinan todas las ideas de diseño en una única imagen. Esas imágenes quedan fantásticas en un libro sobre el arte de la película, pero solo nos cuentan parte de la historia de la producción.

Por cada uno de esos trabajos con un acabado brillante existen docenas de trabajos artísticos que contribuyeron a la imagen final y docenas de artistas que contribuyeron al diseño con bocetos, maquetas de cartón, esculturas y construcciones en 3D, dibujos de vestuario, diseños de personaje, diseños de las criaturas del departamento de arte, objetos de atrezo, efectos visuales (VFX), vestuario, etc. En este libro quiero homenajear este trabajo y a estos artistas.

Por cada diseño que llega a la pantalla hay muchos más que fueron rechazados por no alcanzar las necesidades específicas del guion, ya fuera porque no eran lo que el director o el productor buscaban o, como sucede con frecuencia, porque el elemento diseñado acabó eliminado del borrador definitivo. El arte producido para estos diseños es, por lo tanto, supervisado por un selecto grupo de personas involucradas en el proceso de preproducción y no suele volver a verse. Esto es difícil para los artistas que, pese a la falsa modestia, preferirían que sus creaciones llegaran al mayor número de espectadores. Nos convertimos en artistas para poder mostrar nuestro trabajo.

En *El arte de Animales fantásticos: Los crímenes de Grindelwald*, me propongo mostrar todo el "arte" del proceso de producción de la película. Desde los bocetos iniciales hasta las imágenes finales. Lo escucharemos de boca de los propios artistas, guiados por Stuart Craig, nuestro maravilloso diseñador de producción; desde los dibujantes principiantes que hacían maquetas de cartón (y tazas de té) hasta los directores artísticos senior que manejaban al equipo de artesanos e ingenieros para dar vida a las ideas de Stuart, David y J.K. Rowling. Aprenderemos también sobre el proceso que hay detrás del diseño y la construcción de decorados enormes que, aunque solo eran necesarios mientras que los actores rodaban sus escenas, con frecuencia presentan desafíos significativos. (Dos ejemplos son la entreplanta flotante del Ministerio de Asuntos Mágicos de Francia y las escaleras suspendidas de Newt). Veremos cómo el departamento de VFX continúa con la compleja tarea de dar vida a los entornos, los sets y a las criaturas empleando herramientas muy diferentes, pero todas con el mismo fin:

llevar a la pantalla algo hermoso, mágico y creíble.

Espero que resulte entretenido ver estas maravillosas imágenes, maquetas y esculturas, pero que también sea interesante para aquellos que sientan curiosidad por cómo se realizan las películas y, en particular, para quienes se planteen un futuro en el diseño cinematográfico.

La mayoría de los diseños "rechazados" que aparecen en este libro fueron rechazados solo porque se trataba de enfoques iniciales de criaturas, decorados o elementos de atrezo que aparecen en la película. Por ejemplo, la pipa-calavera de Grindelwald comenzó siendo una calavera de cristal, después se probó con una versión muy detallada de marfil, antes de optar finalmente por una calavera mucho más sencilla y pintada. Ayudó el hecho de que a J.K. Rowling le encantara esta versión y comentara que se parecía mucho a su idea original. El diseño consiste en mostrar al director lo que no quieren para averiguar qué es lo que sí quieren, y con frecuencia no saben de qué se trata hasta que lo ven. Un diseño no suele salir bien a la primera.

Tenemos también algunos diseños que no pasaron la prueba. Creo que estos diseños "que podrían haber sido" resultan fascinantes para mostrar hasta dónde somos capaces de llegar como diseñadores cinematográficos para vender un diseño a un director y todos los esfuerzos que se quedan por el camino. En una de las primeras versiones del guion, aparecía un reloj que pertenecía a nuestro villano principal, Grindelwald. A partir del boceto inicial de Stuart, el departamento de atrezo de Pierre Bohanna diseñó los complejos mecanismos, realizó pruebas de animación; se hicieron recreaciones a todo color antes de que la idea quedara descartada del guion. Una gran idea, un arte y unas animaciones preciosas que nunca se verían… de no ser por este libro.

Fuimos muy afortunados por formar parte del departamento artístico de Stuart Craig. Stuart es un diseñador muy innovador. Es muy preciso a la hora de guiar a su equipo creativo, pero no es excesivamente controlador. Nos concede espacio para explorar basado en determinadas ideas y se muestra convencido de que lograrás dar con el diseño adecuado sin que él tenga que controlar cada paso.

Al principio del libro puede verse uno de los dibujos de Stuart. Con frecuencia, un dibujo mínimo y preciso como este da comienzo al proceso de diseño. He evitado emplear el término "boceto" en esta ocasión porque un boceto sugiere algo muy vago. Eso no es correcto. Los grandes diseñadores como Stuart o Colleen Atwood, la diseñadora de vestuario, no realizan bocetos vagos. Es más bien que ellos saben con exactitud casi desde el principio cómo debería ser el diseño general, pero aún no tienen los detalles. El dibujo al comienzo del proceso proporciona un marco de trabajo muy importante en el que los creativos pueden trabajar. Pero el diseño final casi siempre se asemeja a las líneas generales de ese primer dibujo. El dibujo del Ministerio de Asuntos Mágicos de Francia realizado por Stuart que aparece al principio del libro se parece mucho a lo que su director artístico, Sam Leake, acabó haciendo realidad. Las mismas formas amplias y curvas, pero ahora rodeadas de acero y cristal; virtual y real.

Dos de las preguntas más importantes son: "¿Cómo necesita el guion que sea el diseño?" y "¿Podemos hacer eso de manera sorprendente y creíble?". Un buen ejemplo son los pasillos del Ministerio Francés. El guion describe a nuestros héroes corriendo por un pasillo, después entran en una habitación y vuelven a salir a otro pasillo. Cuando lees esto, de inmediato te imaginas un pasillo con paredes paralelas y puertas que se miran unas a otras, con apliques de luz que se alejan en la distancia, o tal vez luces que recorren en hilera el techo. Es un pasillo, así que sabemos lo que cabe esperar. Sin embargo, en una producción diseñada por Stuart Craig nunca obtienes lo que "cabe esperar". Con la ayuda del director artístico Sam Leake, Stuart creó un pasillo que surge de la intersección de la enorme cúpula de cristal del Ministerio, los bonitos baldosines del suelo, con unas puertas y ventanas art nouveau que recorren el contorno de la cúpula: un pasillo "por el techo" creado a partir de elegantes plataformas que se despliegan para sostener la entreplanta que hay encima, un pasillo hecho de la intersección de las formas del diseño general del Ministerio, que es precioso, extraño y creíble, a pesar de que jamás hayas visto nada parecido. En lugar del tropo cinematográfico de los candelabros en las paredes con llamas titilantes que uno se espera al leer el guion, este pasillo está iluminado a través de las paredes de cristal con una fuente de luz procedente del mundo que hay más allá del encuadre.

Siempre me ha fascinado el proceso de diseño, la búsqueda de la "narrativa" del diseño, el darme cuenta a comienzos de mi carrera de que esa narrativa no solo trata del guion, sino también del guionista, del director y de lo que les motiva. Mostrar la imagen de un castillo con una figura a escala puede hacer que algunos directores se preocupen pensando en quién interpretará a esa figura a escala, en vez de fijarse en si el castillo está bien o mal. Todo reside en la historia. El marco es solo la excusa.

▪ DERMOT POWER ▪

1

NUEVA YORK

◀◀ CARRUAJE DE THESTRALES Y EDIFICIO DEL MACUSA Cuando el carruaje se precipita al vacío, los thestrales abren las alas y el carruaje emprende el vuelo por el cielo. Elegimos un ángulo bajo y dramático. **EK**

▶ LA CELDA DE GRINDELWALD / MS

▼ AZOTEA DEL MACUSA Revisitamos el edificio del MACUSA. Sin embargo, en esta ocasión Stuart diseñó un interior para la azotea. El hueco del ascensor que asciende desde los niveles inferiores –como se vio en la primera película– continúa hasta este tejado. Desde aquí, vemos como se marcha un carruaje tirado por thestrales que transporta a Grindelwald. **EK**

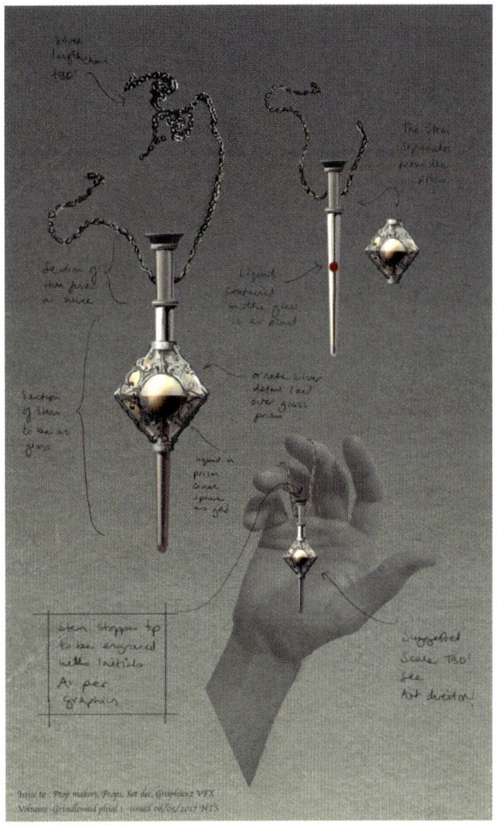

VIAL EN TODAS LAS FASES / MS

VARIACIONES EN EL DISEÑO DEL VIAL / MS

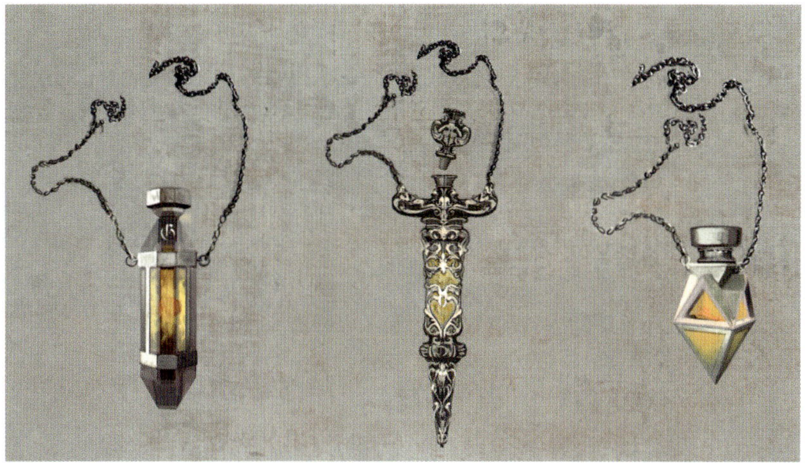

EL VIAL DE GRINDELWALD
Este fue uno de los diseños iniciales, influido por un viejo joyero de cristal que me prestó Miraphora Mina. El vial estaría flotando dentro y el delicado estuche podría romperse como parte de la acción. **MS**

STORYBOARDS (*De izquierda a derecha*)
1. Sacan a Grindelwald de su celda para llevárselo del MACUSA. 2. Grindelwald avanza mágicamente por la prisión del MACUSA. 3. El interior de la torre del MACUSA. Grindelwald es escoltado hacia el carruaje del thestral. 4. El carruaje de thestrales aguarda en la azotea del MACUSA; los pies encadenados de Grindelwald aparecen en el plano. 5. El carruaje se lanza desde lo alto del MACUSA: skyline de Nueva York con el río debajo. 6. La cámara sobre el río Hudson mientras el carruaje se aleja volando. 7. Grindelwald cuando se transforma con la apariencia de Abernathy bajo el carruaje; abajo el río Hudson. 8. Grindelwald se enfrenta a los aurores mientras el carruaje de thestrales vuela sin control; el horizonte no para de cambiar por debajo. 9. Disfruté haciendo esta imagen: Spielman cae del carruaje de thestrales hacia la cámara mientras intenta agarrar su varita. 10. Una de las primeras ideas de Grindelwald y Abernathy cuando escapan al principio de la película. El logo de Warner Bros. iba a surgir de entre las nubes y el carruaje lo atravesaría volando. **GA**

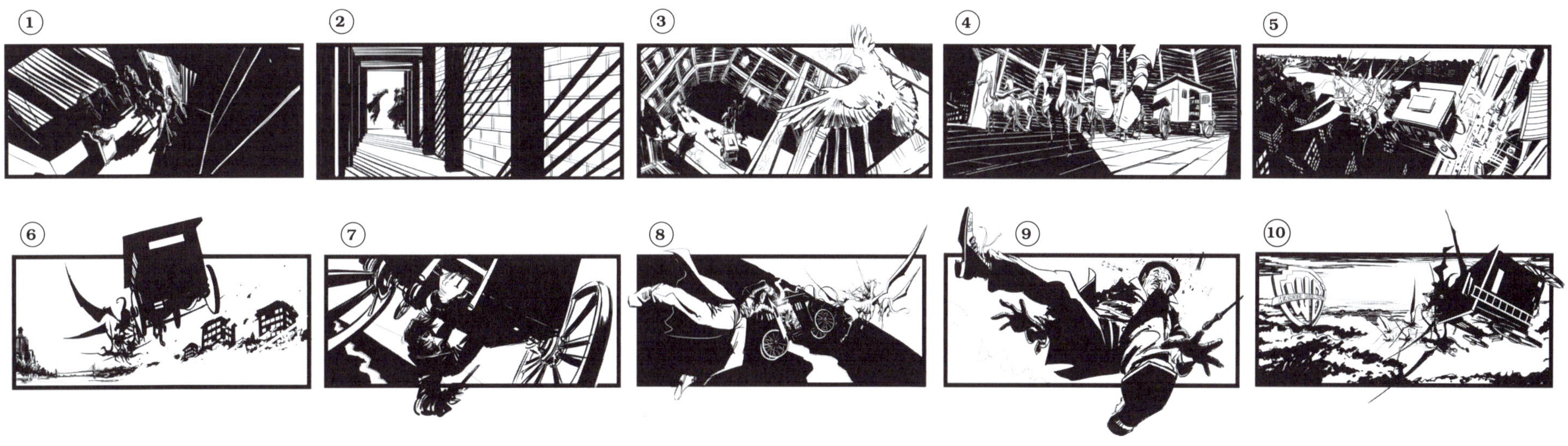

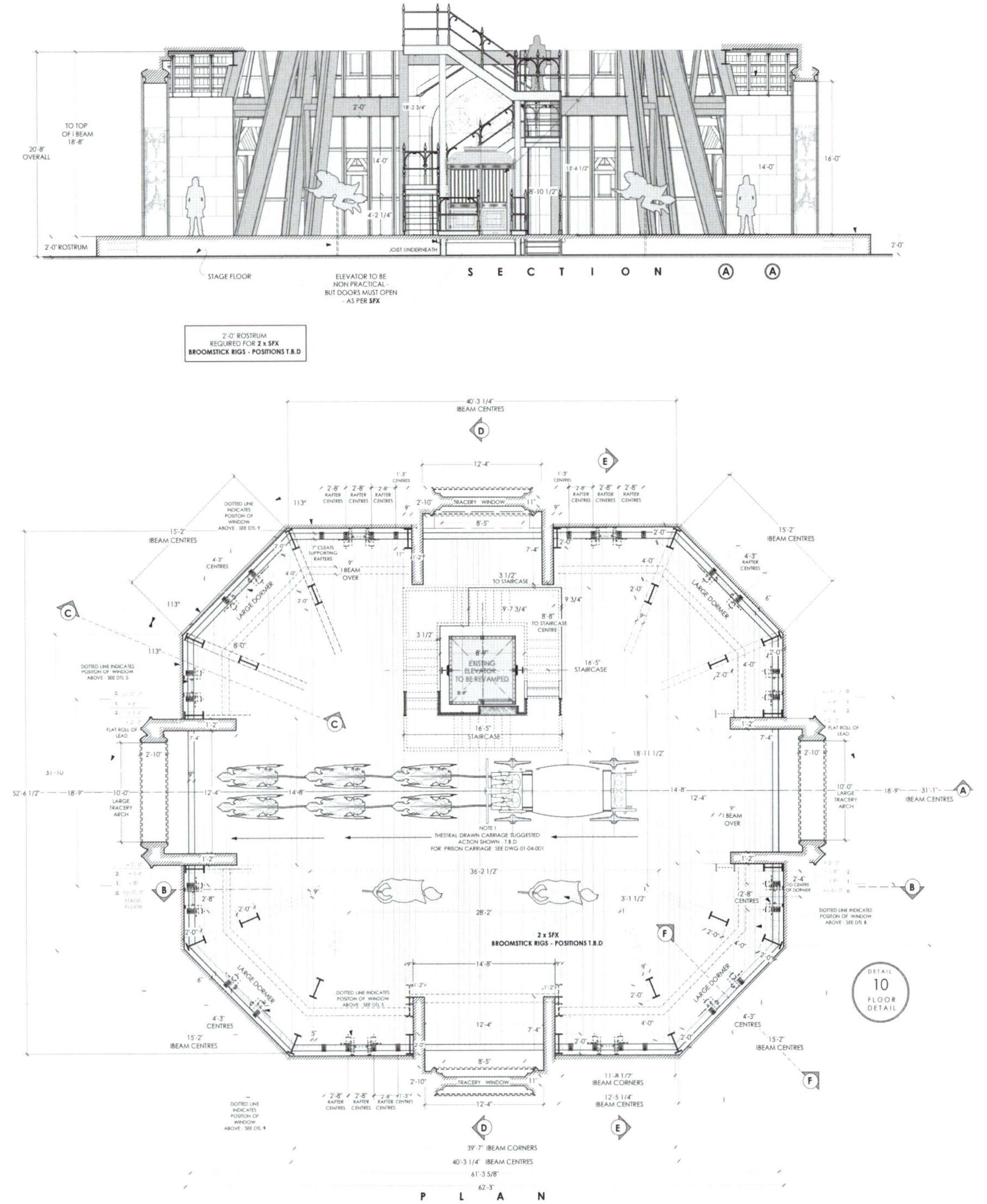

PLANOS DEL DECORADO DE LA AZOTEA DEL MACUSA

Al diseñar la azotea del MACUSA, el principal desafío era que estaba ligado a un exterior que existe de verdad (el edificio Woolworth de Nueva York), pero al mismo tiempo debíamos diseñar un decorado que permitiese el desarrollo de la acción. El diseño de Stuart conservaba los elementos góticos del exterior, a la vez que creaba una azotea abierta con acero visto y vigas de madera. Los últimos retoques incluyeron mucho polvo, nidos y excrementos de pájaros. **LF**

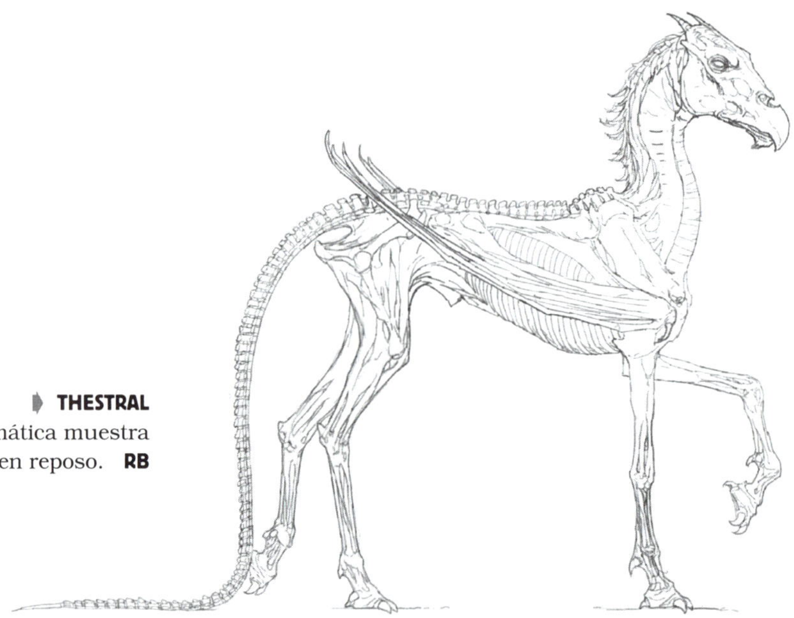

THESTRAL

Esta ilustración casi esquemática muestra al thestral con las alas en reposo. **RB**

PARTE DELANTERA DEL CARRUAJE DE THESTRALES / DB

CAJA FUERTE DEL MACUSA / MS

CAJA FUERTE DEL MACUSA

Cuando la varita y el vial de Grindelwald son confiscados en el MACUSA, guardan la varita de sauco en una caja fuerte. Nos pidieron crear una caja equivalente para el vial, pero de cristal, para que pudieran romperse durante la escena de pelea en el carruaje. Stuart prefirió esta caja rectangular a las demás, y pidió que los tornillos que la mantienen cerrada fuesen de cristal, con dos mitades sólidas que recubren el vial. **MS**

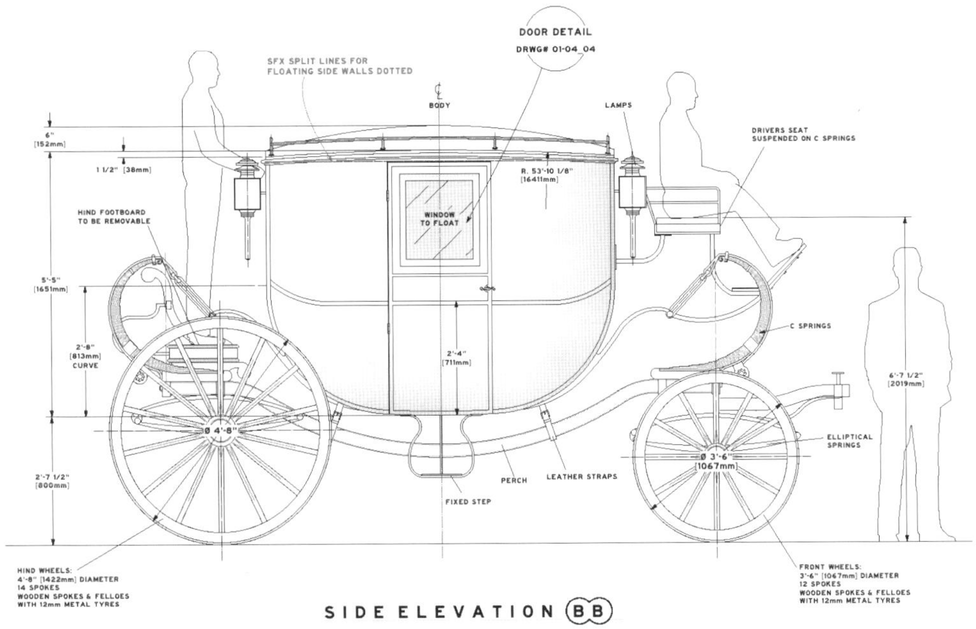

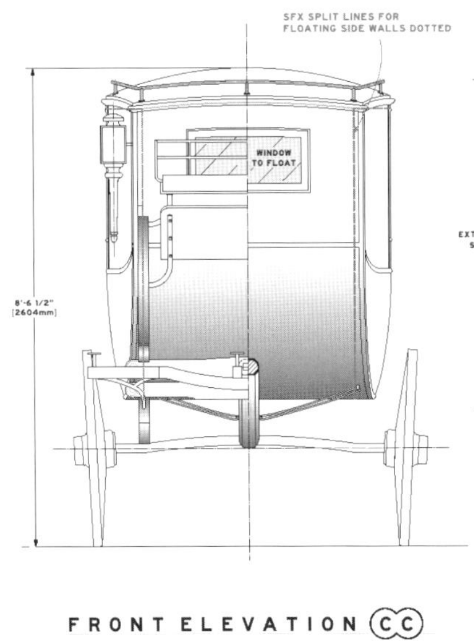

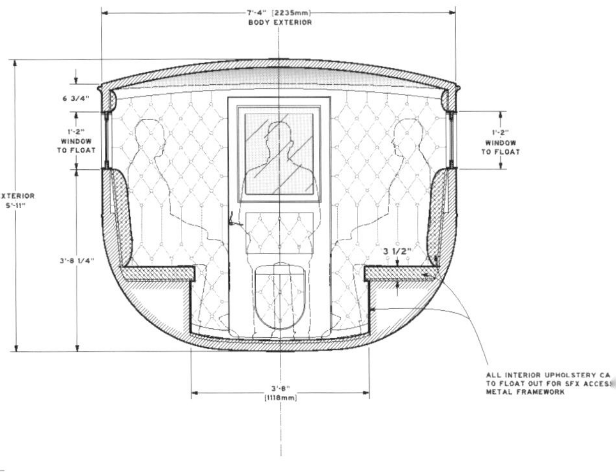

DISEÑOS DEL CARRUAJE DE THESTRALES

Este carruaje tirado por thestrales está destinado al transporte de prisioneros entre países del mundo mágico. Como el prisionero estaría atado de forma mágica, Stuart quería un carruaje tradicional con curvas elegantes y suspensión de muelles. Visité las cocheras reales del Palacio de Buckingham para documentarme sobre el diseño. El interior del carruaje exigía que hubiese espacio para seis personajes, así que aumentamos el tamaño y añadimos asientos plegables en las puertas. El carruaje fue construido por una empresa polaca que lleva generaciones confeccionando carruajes tirados por caballos, mientras que nuestros departamentos de SFX y de construcción trabajaron juntos para construir diversos elementos y versiones del carruaje sobre plataformas móviles que simularan que el carruaje estaba volando. **CM**

MAQUETA DEL CARRUAJE DE THESTRALES

Fue un esfuerzo combinado realizar esta maqueta muy deprisa la noche antes de una reunión, con cinco miembros del equipo trabajando conjuntamente. Tener una maqueta física era crucial para las discusiones sobre cómo rodar la acción dentro de un espacio tan pequeño y, como tenía ruedecitas de verdad, ¡a veces lo hacíamos rodar por encima de la mesa de reuniones! **AD**

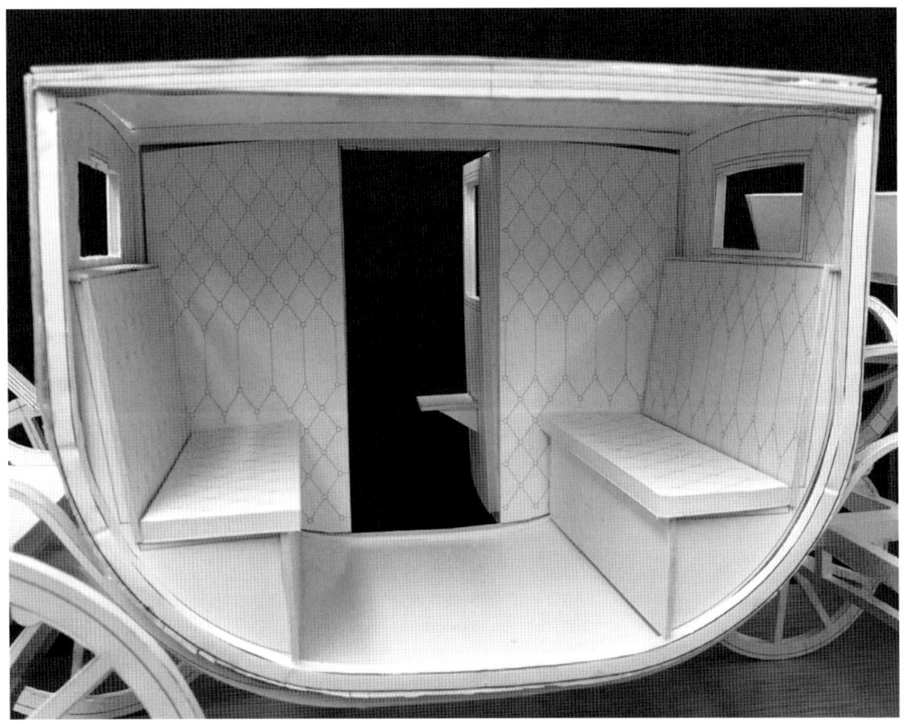

CARRUAJE DE THESTRALES
Las escenas que incluían el carruaje ya habían sido filmadas cuando me pidieron que retocara la textura de las cerraduras. Esta sencilla ilustración sirvió para demostrar que los tonos cálidos sutiles no se apreciarían con los flashes de luz y que tal vez sería mejor que fueran sencillos y cromados, como los picaportes de las puertas de los carruajes de verdad. **DP**

DISEÑO DE PICAPORTE DEL CARRUAJE
Tonos cálidos sutiles inspirados en los bonitos mecanismos metálicos de los relojes antiguos. **DP**

INSIGNIA DE LA CONFERENCIA INTERNACIONAL DE MAGOS / ML

LORO CHUPACABRA
Este chupacabra fue una combinación de un polluelo de loro y un lagarto varanus. Me gusta que el polluelo de loro sea mono y asqueroso a la vez. **SR**

PRIMEROS BOCETOS DEL CHUPACABRA
En algunas culturas, hay referencias a que deja tres marcas de mordedura sobre su presa. Incorporé esa idea al diseño de la cabeza añadiendo tres grandes colmillos. El cuerpo estaba también inspirado en las crías de canguro y en las ratas, para darle un aspecto de roedor. **TS**

CHUPACABRA GORDO
Cuando decidimos que el chupacabra tenía que ser mono, hicimos algunos conceptos más. Aquí estaba jugando con la idea de que fuera una mascota regordeta y malcriada. **SR**

CHUPACABRA SERPIENTE
Aquí quería ponerle un poco de pelo al chupacabra, para que Grindelwald pudiera acariciarlo. También jugué con unos miembros largos en forma de tentáculos. Me gustaba que pareciera una serpiente. **SR**

BOCETO INICIAL DEL CHUPACABRA
Para la cabeza, me inspiré en las calaveras de los murciélagos y en la disposición de sus dientes. También le di unas garras como de ave rapaz para que pudiera agarrar a su presa, además de una cola prensil como las serpientes. Quería darle un aspecto feroz a pesar de su tamaño. **TS**

EL CHUPACABRA
(Arriba) Una especie de mascota para Grindelwald que debía ser cariñosa, pero a la vez malvada. Aquí tenemos un plano de la cabeza del chupacabra, todo lo adorable que puede ser. *(Centro)* Un plano de la cabeza del chupacabra siendo malvado. *(Abajo)* Para este diseño conceptual inicial del chupacabra, visité el Museo de Zoología de Londres y encontré estos raros especímenes en frascos. Me gustó el aspecto traslúcido de su piel y me pareció apropiado para este personaje. **SR**

CONCEPTO DEL CHUPACABRA
Este es un concepto con dos partes: la versión adorable y cuando se vuelve malo. Me inspiré en las hojas de acebo por su naturaleza intocable y al final añadí espinas retráctiles y una cresta en forma de acebo. En un principio era verde y rojo, pero nos alejamos de esa idea y nos inspiramos en las serpientes letales. **SR**

37

2

LONDRES

EXTERIOR DE PARADA DE AUTOBÚS
Newt llega a una parada de autobús. Con todos los cuadros de esta secuencia, fue muy divertido jugar con las diferentes densidades de la niebla, haciendo que los edificios aparecieran solo como siluetas al fondo. Las imágenes se crearon construyendo maquetas en 3D, que después yo pintaba e iluminaba, o pintando sobre fotografías de la localización. **EK**

ASPIRADOR DEL MINISTERIO *(de arriba abajo)*
Este concepto fue modificado a partir de un diseño de Adam Brockbank para el Ministerio de la Magia en la serie original de Harry Potter. Stuart y Anna Pinnock se centraron en esta forma, que se inspira en la forma de las máquinas de limpieza de los años cincuenta, con una utilidad adicional. Anna creyó que sería divertido que levantara más polvo del que limpia, y Pierre sugirió que hubiera un plumero que atacara a algún mago descuidado que recorriera los pasillos. **MS**

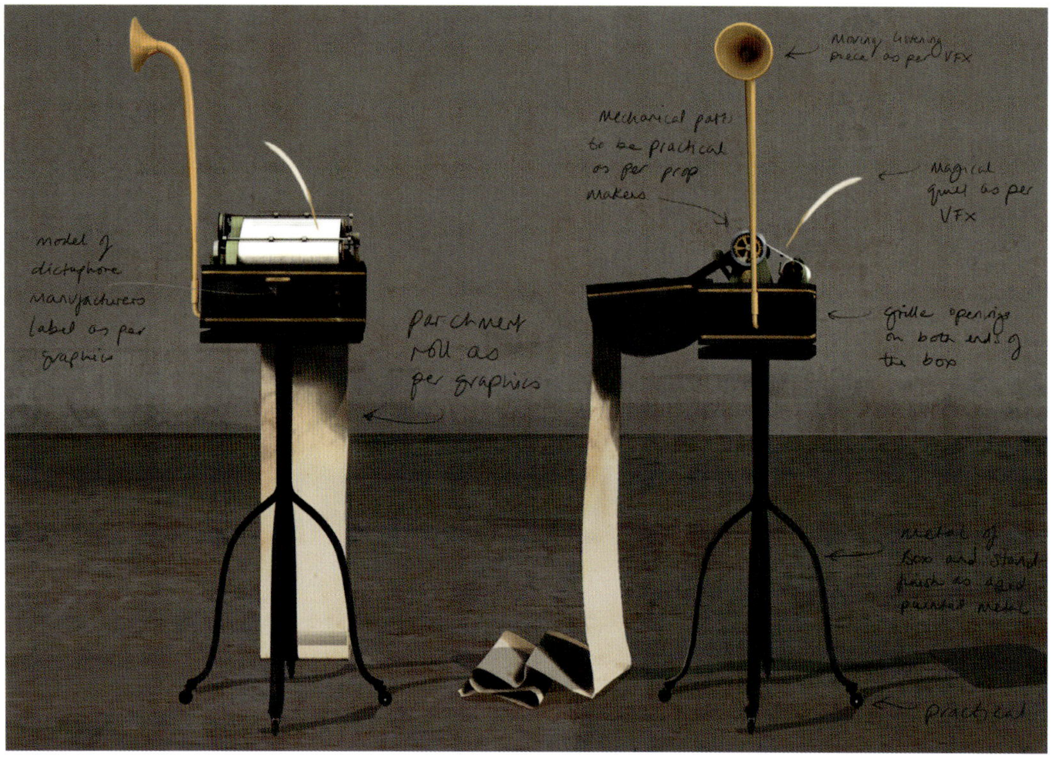

ASPIRADORA
La aspiradora de Molly en acción. Elegí un ángulo bajo para añadir cierto esplendor cómico a la escena. **DP**

EL DICTÁFONO
El departamento de decoración de sets encontró un fabuloso dictáfono de época, que supuso la base para el diseño de este elemento de atrezo. Las directoras artísticas Kate Grimble y Hattie Storey me dieron ideas para incluir los elementos de escucha y escritura mágicos. Durante el juicio de Newt, el dictáfono escucha a través del embudo y la pluma escribe lo que se dice en un rollo de pergamino, que sale por la parte de atrás. **MS**

EL DICTÁFONO EN ACCIÓN / MS

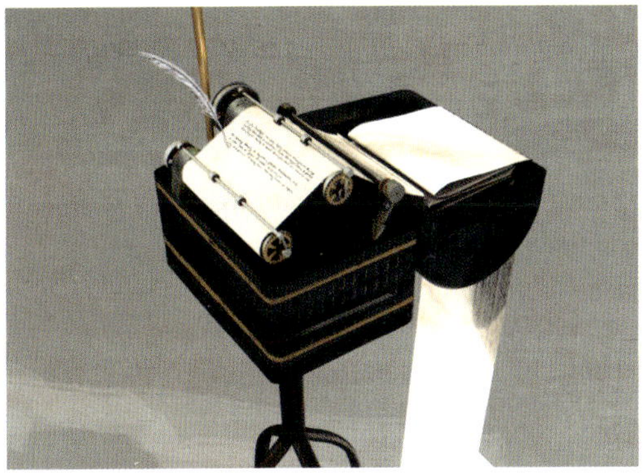

THESEUS SCAMANDER, DISEÑO DE VESTUARIO
Uno de los detalles que Colleen describió fue el fondo de cada ilustración. En este caso, fue muy precisa con el color y el empleo del rojo que ella había imaginado. **CC**

SALA DE JUICIOS
Cuando preparé esta ilustración, era más para indicar a los realizadores que "aquí se necesitan efectos visuales", para reemplazar la imagen etérea sobre la mesa, no tanto para mostrar cómo debería ser realmente la visión de Credence. **DP**

EL JUICIO
Una de las ilustraciones iniciales muestra a Newt en su juicio con Theseus en el Ministerio de la Magia. **GA**

‘Aquí tenemos un skyline más bajo y más antiguo; el estilo arquitectónico está inspirado en la zona histórica que rodea el viejo mercado de Spitalfields.’

▪ CAE LA NOCHE SOBRE LA CATEDRAL DE ST. PAUL / KF ▪

CATEDRAL DE ST. PAUL
Contra plano de la catedral de St. Paul imponente por encima de Londres, con el sol de la tarde que añade algo de color. Esto era para un plano en el que las figuras de Dumbledore y de Newt se encontraban en el tejado. Se creó utilizando una combinación de escaneados Lidar, donde el láser rebota en un objeto lejano para capturar la geometría de su superficie, y Photoshop. **SM**

TRAFALGAR SQUARE
Newt y Dumbledore caminan entre la niebla de Londres. En este arte conceptual esperaba inspirar a los realizadores para construir un decorado que incorporase los leones de Landseer. **DP**

EL PARQUE
Newt entra en el parque: las formas fuertes en primer plano y las capas de niebla ayudan a crear la atmósfera. Para este concepto, construí una maqueta digital de la verja y la entrada del parque basada en planos y alzados creados por el director artístico. **EK**

VISTA DE LONDRES DESDE LO ALTO DE LA CATEDRAL DE ST. PAUL
Esto se creó utilizando una combinación de escaneados Lidar tomados desde diversos puntos elevados de la zona este de Londres, que después se renderizaron y pintaron con Photoshop. La idea era capturar la luz del atardecer y mostrar la imagen que tendría Londres en 1927. **SM**

RÍO TÁMESIS
Newt cruza el Támesis; al fondo se distingue la silueta del Parlamento. Esto sería para un decorado pequeño, con extensiones digitales. **EK**

ALBUS DUMBLEDORE, DISEÑO DE VESTUARIO
En esta ilustración, Colleen dejó claro qué tipo de tejido y textura deseaba. También fue muy específica con el nudo de la corbata y el tipo de zapatos que llevaría Dumbledore. **CC**

ST. PAUL
En un neblinoso callejón de Londres, un guante negro aparece frente a Newt y señala hacia St. Paul. Dumbledore le espera en el tejado. **EK**

EXTERIOR DEL PUB MÁGICO
En este concepto se ve a Newt entrando en un pub mágico, que, como es natural, estaría oculto bajo tierra. Se pintó sobre una imagen del patio de Somerset House. Añadí un autobús de dos plantas y gente caminando por el fondo para transmitir la sensación de la vida callejera. **EK**

3

EL SÓTANO DE NEWT

VISTA AÉREA DEL SÓTANO DE NEWT
Se decidió que los hábitats serían más "reales" esta vez, en comparación con las versiones más teatrales de *Animales fantásticos y dónde encontrarlos*, y que no seguiríamos a Newt a través de las diferentes estancias. Por tanto, no era necesario diseñar cada hábitat antes del rodaje. Este dibujo conceptual relativamente impreciso, realizado sobre el plano editado, bastó para establecer la imagen. **DP**

EXTERIOR DE CASA DE NEWT
Newt llega a casa y le ilumina desde atrás el faro de un coche al pasar. Aquí pinté sobre una imagen de la localización; añadí coches de la época, mucho humo de las chimeneas y, por supuesto, niebla. **EK**

BISHOPS
TERRACE

DISEÑOS DE STORYBOARDS
Estos tres diseños de storyboards del zoo de Newt muestran ideas iniciales de cómo se iluminaría el sótano al entrar Newt, a Dumbledore mientras observa a Newt ponerle el arnés al kelpie, y a Jacob abrazando a Newt en la sala de estar, mientras Queenie los observa. **GA**

EL SÓTANO DE NEWT DESDE LA CALLE
Esta es la imagen que tendrías al entrar en el sótano de Newt desde la calle. **DP**

NEWT SCAMANDER, DISEÑO DE VESTUARIO
En este conjunto, Colleen buscaba la claridad distintiva de cada prenda a través del tejido, la textura y los colores. Deseaba que parecieran una parte más del personaje, con algunas diferencias sutiles. **CC**

INTERIOR DEL SÓTANO DE NEWT
Una de las primeras imágenes del hospital de animales del sótano de Newt, incluyendo el cobertizo mágico de Stuart y las estancias que conducen a los hábitats de las criaturas. En este punto, no sabíamos si pasaríamos tiempo dentro de los entornos de las criaturas, como ocurría en la primera película. Como referencia, llené la estancias con dibujos e ilustraciones de la época, haciendo que los hábitats parecieran dioramas del Museo de Historia Natural. Tim Dutton pasó mucho tiempo diseñando y modelando las estructuras de ladrillo según las indicaciones precisas de Stuart. Las escaleras y muchas otras cosas fueron construidas por el supervisor de la dirección artística Martin Foley. **DP**

PLANO CON CROMA / DP

EL ZOO DEL SÓTANO DE NEWT
Se consiguió un plano muy general manteniendo la cámara alejada del set, al que le faltaba una pared, como puede apreciarse en el plano con croma (recuadro). Esto otorga un aspecto muy teatral y es perfecto para mostrar todas las estancias de las criaturas, como un calendario de adviento del mundo mágico. **DP**

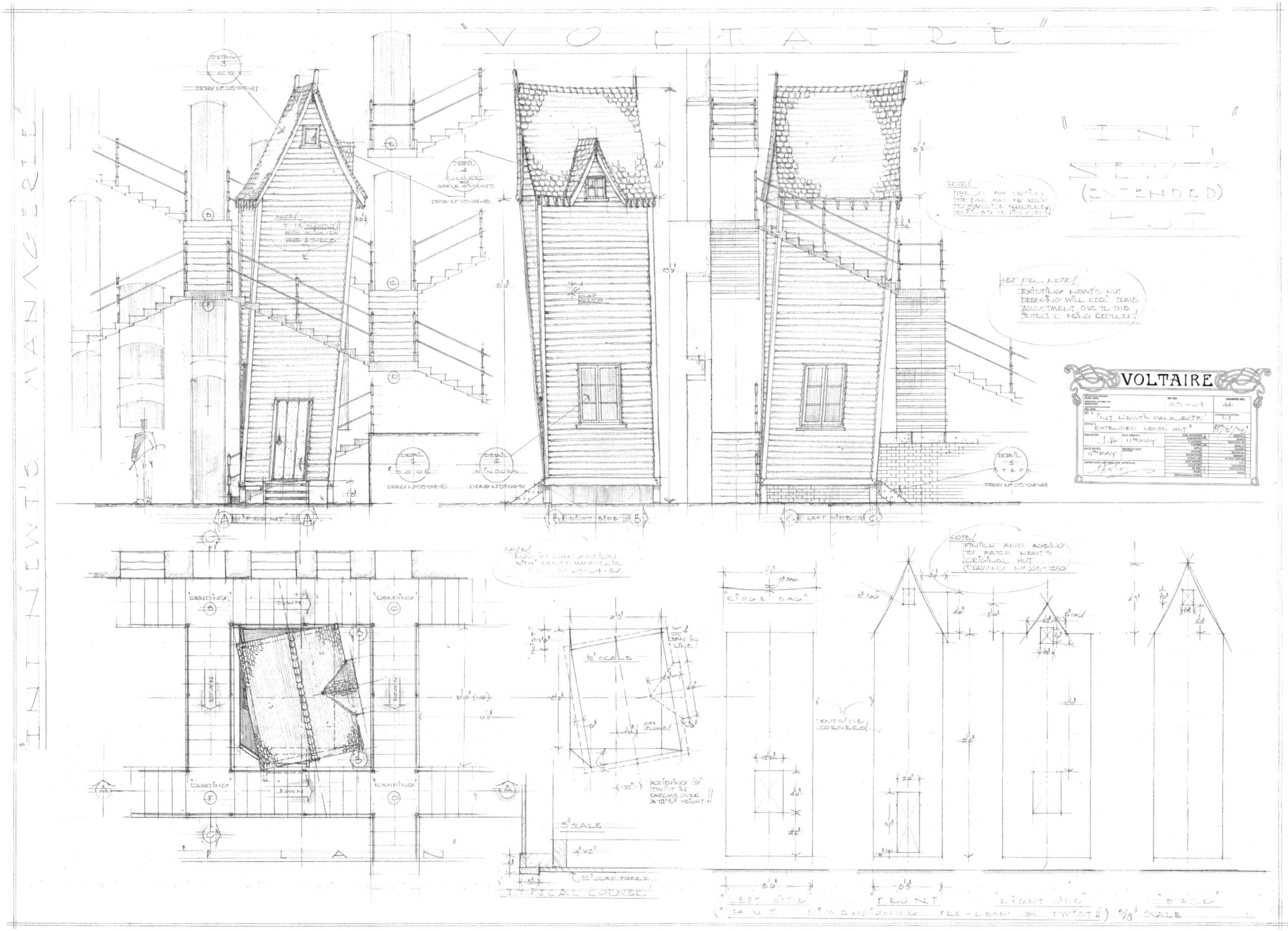

INTERIOR DE CASA DE NEWT
El estilo aquí estaba basado en el cobertizo original que se vio en la primera película, pero se extendió con un giro añadido al diseño, que debía encajar dentro del hueco de la escalera central, y al mismo tiempo mantener los rasgos del original. **JK**

EL KELPIE
En este concepto inicial, el kelpie flota amenazante por encima de Newt. El nivel del agua sube y la magia hace que no se desborde, en lugar de estar contenida por el cristal de un acuario. **DP**

EL KELPIE
En estos bocetos quería mostrar cómo podría el kelpie salir del agua, como un anfibio, para convertirse en un caballo de cuatro patas. **MK**

PRIMEROS DISEÑOS DEL KELPIE / PC

EL KELPIE
Esta es mi primera versión del kelpie en color. Fue divertido jugar con muchas plantas acuáticas para crear su cuerpo. **MK**

BOCETOS DEL KELPIE
En los cuatro primeros bocetos iniciales del kelpie, intentaba explorar la idea de que estuviera cubierto de algas, que al final parecen la crin de un caballo. Después exploré la idea de que el kelpie utilizara las algas para camuflarse. Por último, me pareció que tal vez solo se vería la coronilla asomar por encima de la superficie del agua. Me pareció que el comportamiento propio de un cocodrilo haría que esta criatura diese miedo y resultara interesante. **JJ**

EL KELPIE Y NEWT
Me describieron el kelpie como un caballo salvaje al que había que domar. Mientras desarrollaba el aspecto de su cuerpo, en este boceto imaginé cómo Newt podría interactuar con el animal. Un rodeo subacuático me pareció la solución natural. **JOH**

BOCETO DEL KELPIE
Estos bocetos iniciales fueron mi primer intento de imaginar al kelpie, y lo primero que hice para esta película. **MK**

EL KELPIE
Mientras intentábamos capturar la esencia del kelpie, hice muchas versiones, pero esta fue la única con la que pensé que íbamos por el buen camino. Una poderosa y hermosa criatura que parece hecha de algas y kelp. **DB**

PRIMEROS DISEÑOS DEL KELPIE
Fue todo un desafío definir al kelpie; sería aburrido ponerle algas a un caballo, pero al mismo tiempo, si nos alejábamos demasiado de la descripción que teníamos, no sería un kelpie. En estos tres conceptos iniciales, intenté experimentar añadiendo algunas partes del caballito de mar. **PC**

EL KELPIE / MD

NEWT MONTA AL KELPIE / FS

KELPIE EN 3D
A medida que el proceso de diseño se acercaba a lo que acabaría siendo el diseño definitivo del kelpie, realicé estas esculturas en 3D para transmitir mejor el movimiento del animal. **DB**

KRAKEN PIGMEO
"Que fuera grande, pero no demasiado" era la idea que se escondía tras el kraken pigmeo. Siempre imaginé esta ilustración como una versión juvenil o infantil del kraken más conocido. **JOH**

EL MUSKRILL *(Enfrente, imagen principal)*
Este fue un diseño de Carlos Huante que me pidieron pintar. Prestando mucha atención a los trazos de Carlos, logré dar con esta criatura de caparazón. **JOH**

EL MUSKRILL (*Enfrente, en el extremo de la derecha*)
Exploré la bioluminiscencia de todas estas criaturas marinas en las que estaba trabajando. El muskrill dibujado por Carlos tenía unos grandes apéndices carnosos a cada lado de la cabeza que había que iluminar, y aquí tenemos dos estudios con diferentes paletas de color. **JOH**

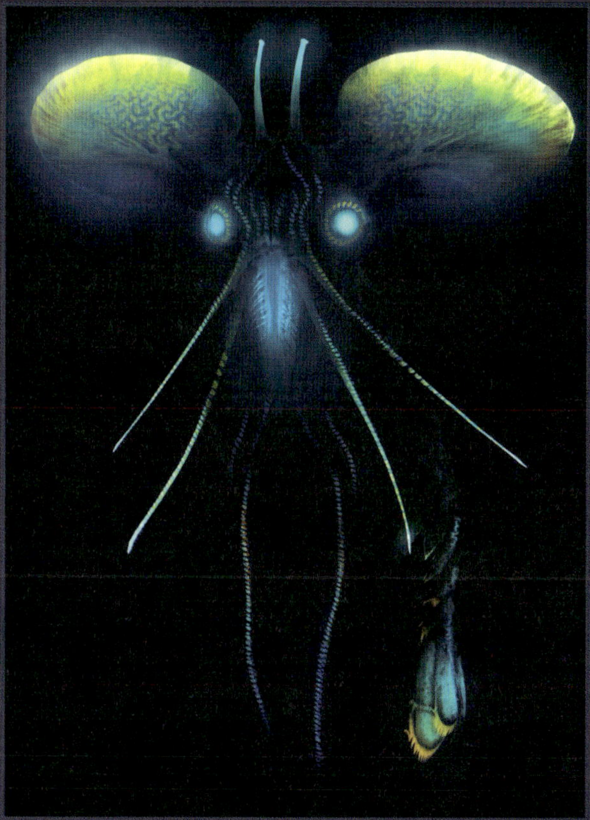

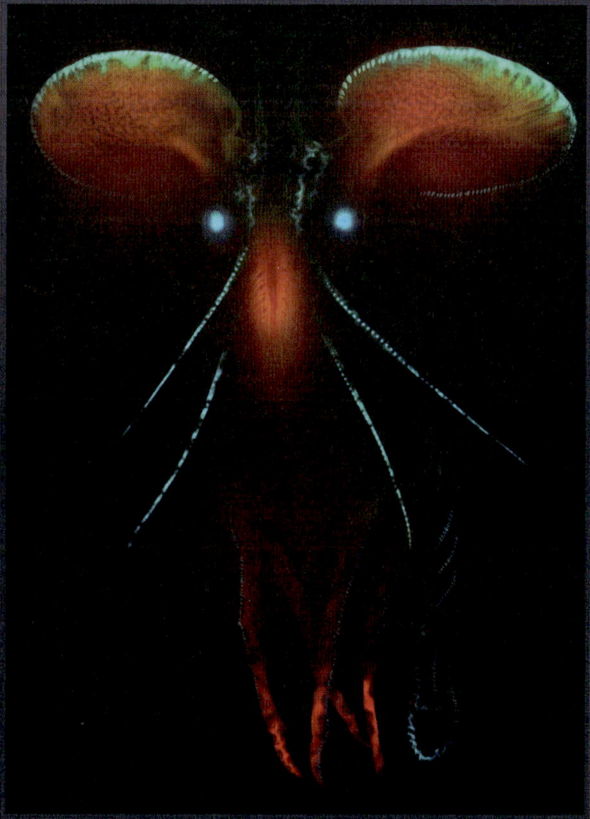

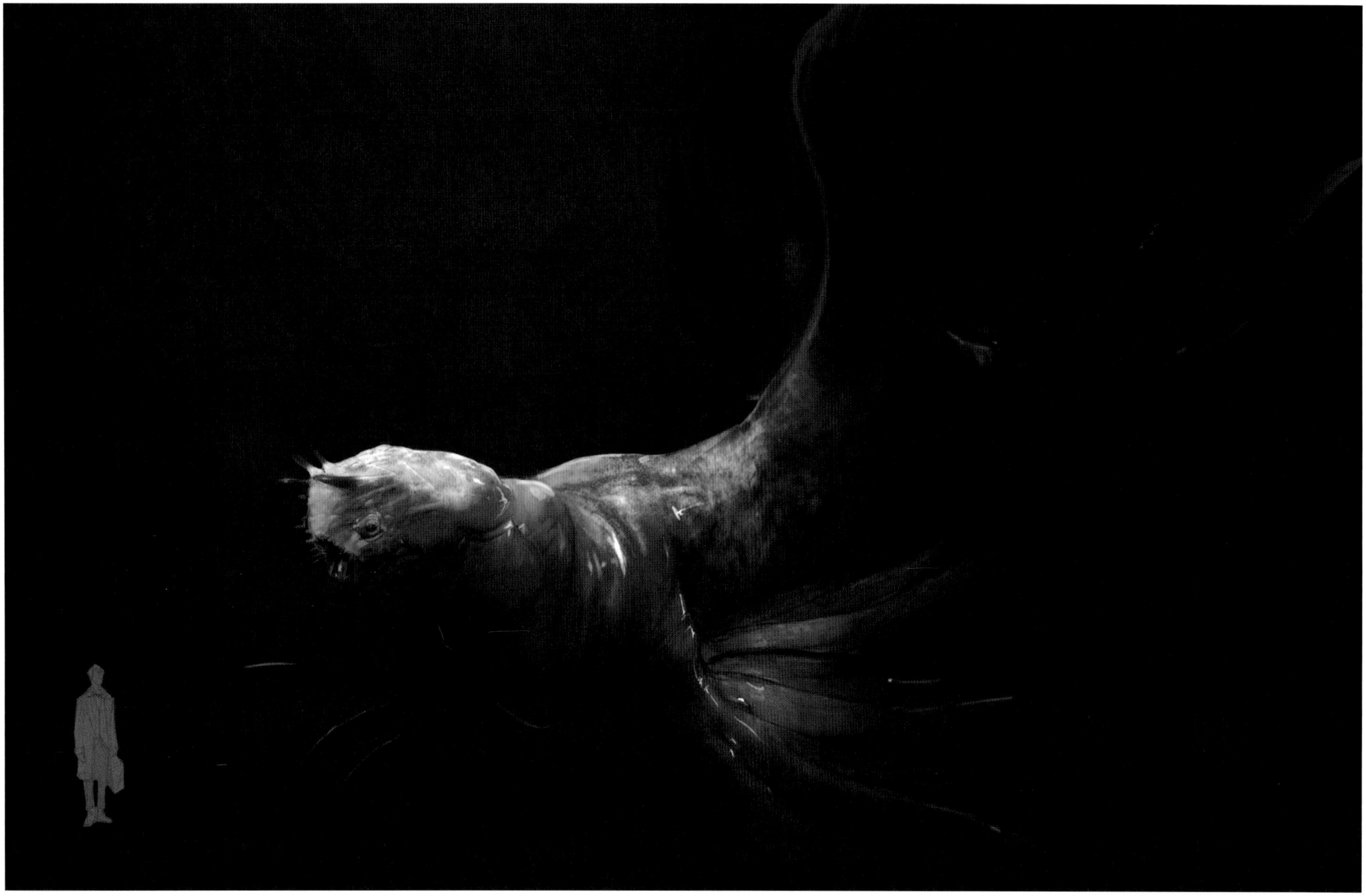

LA CRIATURA DE LAS PROFUNDIDADES MARINAS
Una de mis primeras exploraciones del diseño de la criatura marina. En este caso, me lancé directamente a pintarlo como quería para transmitir la personalidad y la atmósfera mientras diseñaba la criatura. **JOH**

EL ZOO DE NEWT (Enfrente, de arriba abajo)
A veces resulta útil tener planos reales de la película montada para que tus diseños coincidan. Este plano de Jacob era uno de los ángulos más frecuentes, así que decidí llenar las zonas de pantalla verde con el animal fantástico más famoso (al menos para mí) y reconocible, el mooncalf. En la segunda imagen, el pez rebota dentro de la pequeña ventana verde mientras intenta ver hacia dónde ha ido el augurey. Por último, las hojas otoñales que vienen volando de un entorno conectan lo real y lo virtual. **DP**

PLANETA DEL MOONCALF

He aquí un ejemplo de diseño profundo, un poco como "la actuación de método". El planeta del mooncalf que se ha hundido en el lago nunca llegaría a verse, salvo parcialmente a través de la ventana que hay detrás de la cabeza de Jacob. Pero eso explicaba la aparición y el comportamiento de los mooncalf. Como se ve en los dos conceptos más pequeños, tendrían que atravesar nadando el camino parcialmente sumergido y sacudirse para secarse tras subirse al saliente de la ventana, mirando a Newt y a Jacob. **DP**

VARIACIONES DE LAS CRÍAS DE ESCARBATO
Basé todos estos diseños en el cerdo de guinea de Nordin Rahhali, nuestro director de VFX. El pelo revuelto y las proporciones del cerdo de guinea son algo divertido, así que me pareció una referencia perfecta. **CHu**

CRÍA DE ESCARBATO
¿Cómo convertir algo divertido y, odio admitirlo, mono, en algo más mono todavía sin ser demasiado sentimental? Las crías de escarbato son, en esencia, la versión más amable y tímida de aquello en lo que se convertirán. Son preciosas, pero no pierdas de vista tus objetos de valor. **CHu**

MÁQUINA DE RAYOS X DE NEWT
Anna, Kate y Hattie tenían referencias magníficas de la época que nosotros convertimos en algo que, en este concepto de atrezo, podría funcionar para una amplia variedad de animales mágicos. **MS**

TRAMPA PARA ESCARBATOS
En este concepto de atrezo, la cesta contiene un espejismo de objetos brillantes, creados por un revestimiento que refleja la luz, que atrae a las crías para poder atraparlas. **MS**

ESCARBATO DESPERTADOR

Nos pidieron que dibujáramos objetos cómicos que pudiera comerse el escarbato. Me pareció que un reloj despertador sería divertido. **SR**

ESCARBATO ESPAGUETTI

Aquí está preparado para comerse una cadena; es como comer espaguetti. **BK**

ESCARBATO MUELLE

Aquí se ha tragado un enorme muelle, lo que resulta gracioso cuando cae rodando por un tramo de escaleras. **BK**

ESCARBATO JAULA PARA PÁJAROS

Estos dibujos muestran lo que ocurre si el escarbato se come algo demasiado grande, incluso para él. Aquí se ha tragado una jaula para pájaros, sin darse cuenta de que estaba ocupada. **BK**

ESCABARTO FUENTE

Aquí lo vemos tirando la comida que hay dentro de la fuente para poder comerse el metal brillante. **BK**

BELL NIFFLER

Aquí se ha tragado una campana y aun así quiere más. **BK**

CRÍA DE ESCARBATO

Este era un concepto para la cría de escarbato. No ve con claridad, pero ya se siente atraída por los objetos brillantes. **BK**

ESCARBATO CAMPANA NÚM. 2

Ahora aprende que la campana es una comida demasiado pesada. **BK**

ESCARBATO LÁMPARA

Aquí se ha tragado una lámpara y está atrapado dentro de la pantalla. **BK**

EL AUGUREY
En esta imagen inicial, estaba intentando transmitir la idea de que el augurey es un ermitaño viejo y harapiento que se ha descuidado un poco. **SR**

BOCETO DEL AUGUREY
Aquí exploré los distintos tipos de pájaro que podría haber sido el augurey. La idea de que en otra época fue una poderosa ave de presa se presentaba como contraste al pájaro cansado que es ahora. Se tuvieron en consideración los búhos, las águilas y, por supuesto, los buitres. **JOH**

BOCETO DEL AUGUREY
Más exploraciones de los rasgos de personalidad del augurey. La idea de que no pudiera abrir mucho las alas añadía encanto y humor a su personaje. **JOH**

BOCETO DEL AUGUREY
Para el augurey, el objetivo era capturar las características desoladoras asociadas a la mitología del animal. En esta serie de bocetos iniciales, estaba explorando aquello en lo que se había acabado convirtiendo esta magnífica criatura con el paso de los años. **JOH**

EL HOGAR DEL AUGUREY
El augurey podía parecer aún más triste cuando viéramos que vive encima de un cementerio. Este está basado en la iglesia del pueblo en el que nací, en Irlanda, donde puede llover durante meses. **DP**

BOCETO DEL AUGUREY
El plumaje desempeñó un papel crucial a la hora de capturar la personalidad del augurey. Las plumas revueltas y esporádicas realzaban esa idea. **JOH**

UNO DE LOS PRIMEROS DISEÑOS DEL AUGUREY / **PC**

EL AUGUREY
En esta imagen, intentaba dar al augurey el aspecto de un viejo caballero pomposo. **SR**

DISEÑO INICIAL DEL AUGUREY
Estas imágenes iniciales del augurey se consideraron algo prehistóricas: enviaron una nota solicitando algo un poco más ridículo y juguetón, más en la línea del alcatraz patiazul. **PC**

EL AUGUREY
Esta imagen del augurey debía tener un aspecto más cómico. Utilicé búhos y polillas como referencia, donde las antenas, las cejas y las plumas pudieran ayudar a transmitir su estado anímico. **DR**

EL AUGUREY (*Enfrente arriba*)
Esta versión del augurey debía quedar bastante ridícula. Me gustaba la idea de ponerle una peluca del siglo XVIII en la cabeza, y añadir además elementos de los pavos reales y las polillas, con los "ojos" en las alas. **DR**

EL AUGUREY (Enfrente abajo)
Utilizando el diseño de Dylan Baker, esta imagen conceptual desarrolló los elementos de pavos reales y polillas de las alas del animal. **FS**

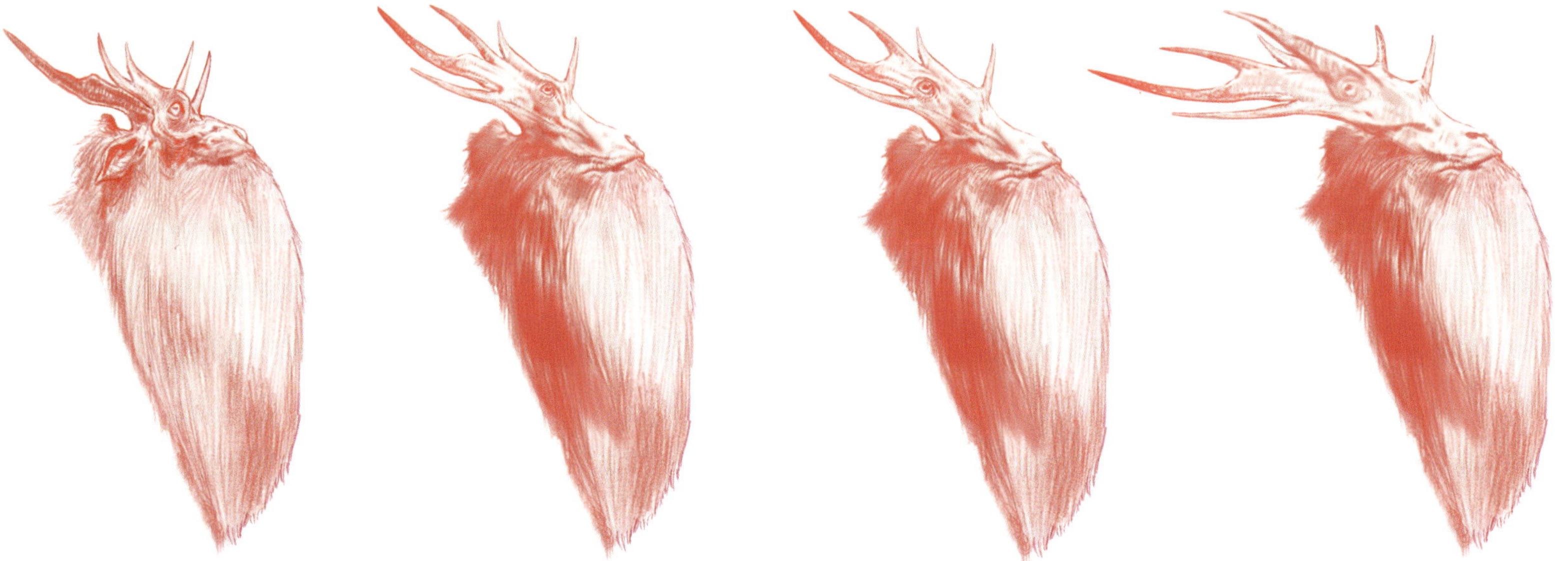

BOCETOS Y DISEÑOS DEL LEUCROTTA
La boca abierta debía tener sentido, así que fue todo un desafío hacer que fuera creíble en estos bocetos y diseños. Pero al final me gustó lo naturalista que quedó. **CHu**

EL LEUCROTTA
Esta era mi idea para el leucrota, una criatura de boca enorme inspirada en el tiburón peregrino. La idea era que tal vez esta criatura se alimentase del mismo modo, abriendo sus enormes fauces para tragarse enjambres de insectos de un solo golpe. **DB**

IDEA PARA EL LEUCROTTA
Esta idea inicial del leucrotta se basaba en la fotografía de un cocodrilo atacando a un ñu. Me gustaba la idea de algo que se comporta en tierra firme del mismo modo que un cocodrilo se comporta en el río. **BK**

UN ANIMAL DE REBAÑO

En esta imagen doble aparecen varios conceptos iniciales para un animal de rebaño. Se imaginó como un habitante de las llanuras, una especie de león o bisonte. También tenía ADN de moa. Una mezcolanza muy divertida, pero a la vez naturalista. El comportamiento de este animal sería interesante con todos esos atributos de los que tirar: el rugido de un león, el mugido de un bisonte, los movimientos de un gallo; habría sido muy divertido jugar con todo eso. **CHu**

BÚHO "OJO LOCO"
Nos pidieron que desarrolláramos ideas de animales heridos, y a mí se me ocurrió que estaría bien que viéramos que Newt había fabricado un ojo mecánico al estilo de Alastor Ojoloco Moody para uno de sus pacientes. **SR**

DISEÑO DEL CERDO PANDA DE SEIS PATAS
Tratar de encontrar diferentes criaturas para llenar el fondo fue divertido, y empecé a combinar animales de maneras ridículas. El "cerdo panda de seis patas" fue el que le gustó a la gente y me dieron luz verde para desarrollar el concepto. **CHu**

PRIMEROS BOCETOS DEL HINKYPUNK
Me resultó difícil imaginar a este pequeñín de una sola pierna con una linterna, pero todo forma parte del proceso de diseño. **MK**

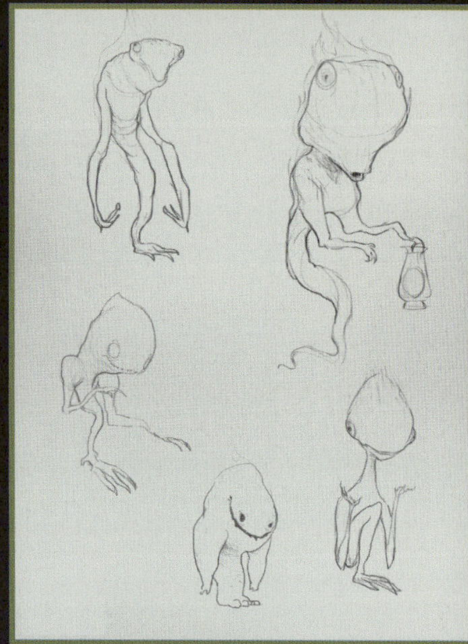

UNO DE LOS PRIMEROS DISEÑOS DEL HINKYPUNK
Esta versión se acercaba más al típico fantasma fluorescente. **MK**

UNO DE LOS PRIMEROS DISEÑOS DEL HINKYPUNK
Mientras tratábamos de imaginar cómo sería el etéreo hinkypunk, surgió una amplia variedad de ideas. Aquí me lo imaginé como una mezcla de hongo, fantasma y animal. **MK**

‘La parte principal del trabajo era desarrollar la idea de la criatura, cómo podría moverse y saltar. Utilicé una fotografía del humo y la transformé por el contorno.’

▪ UNO DE LOS PRIMEROS DISEÑOS DEL HINKYPUNK / MK ▪

EL HINKYPUNK
Me imaginé que a veces puede confundirse con un champiñón o una medusa que flota en el aire, pero que cuando se la toca se disuelve como el humo. **MK**

DISEÑO INICIAL DEL HINKYPUNK
Esta idea inicial para el hinkypunk es un farol mágico rodeado por un cuerpo de humo y sombras. El cuerpo de humo puede cambiar de forma, pero el farol sigue siendo un objeto sólido. Me gustaba la idea de que pudiera inflarse para asustar a alguien, y después tratar de escapar a través del pequeño ojo de la cerradura, pero después se frustra al comprobar que su farol no cabe por el agujero. **BK**

DISEÑO INICIAL DEL HINKYPUNK
En esta version del hinkypunk, es mucho más asimétrico, la idea era que sus miembros se doblaran y retorcieran por todas partes. **DB**

DISEÑO INICIAL DEL HINKYPUNK
Quería que en esta versión, el hinkypunk pareciera trastornado. Me lo imaginé riéndose y hablando solo mientras se movía por la oscuridad. La idea de las tres manos podía proporcionar además posibilidades muy interesantes para la animación. **DB**

4

CIRCUS ARCANUS

EL CIRCUS ARCANUS EN SU MÁXIMO APOGEO
La carpa del circo se construyó en el decorado de la calle de París, en los estudios. Había muchas casetas, se podía montar en graphorn y por el aire danzaban los acróbatas, para crear una sensación de color y movimiento. **EK**

BOCETO DEL CIRCUS ARCANUS
Una vista más amplia del decorado en desarrollo hace que se aprecien todos los elementos, desde las extensiones digitales del decorado por encima del tercer piso hasta la ubicación del Circus Arcanus y sus decoraciones. Esta imagen forma parte de una serie que contribuyó a crear un diseño que evolucionó mucho, hasta la decoración definitiva del set. **CH**

DISEÑO DE LA HERRAMIENTA DE LOCALIZACIÓN MÁGICA
Cuando Newt está intentando localizar a Tina, encuentra una pluma. En una versión inicial del guion, sacaba de su bolsillo una herramienta de localización, sobre la que la pluma comienza a dar vueltas. Una aguja de la herramienta señala hacia el norte, como una brújula, mientras que la otra localiza la pluma mientras da vueltas, va perdiendo velocidad hasta que se detiene y señala en la dirección por la que empezar la búsqueda. **MS**

CIRCUS ARCANUS / PP

STORYBOARDS (*De izquierda a derecha*)
Dorrie Young me pidió que inventara algunas ideas interesantes de transición para algunos momentos de la película. La idea aquí era un plano que precede a otro de una calle desierta de París. La cámara se inclinaría hasta este plano, un charco sobre las calles adoquinadas con el reflejo del Circus Arcanus del revés, después las piernas de Tina entran en el encuadre y atraviesan el charco. La cámara gira 180 grados y muestra a Tina alejándose de la cámara en el reflejo del charco; después la cámara sigue a Tina cuando las ondulaciones del charco se detienen y la vemos caminar hacia el Circus Arcanus. **GA**

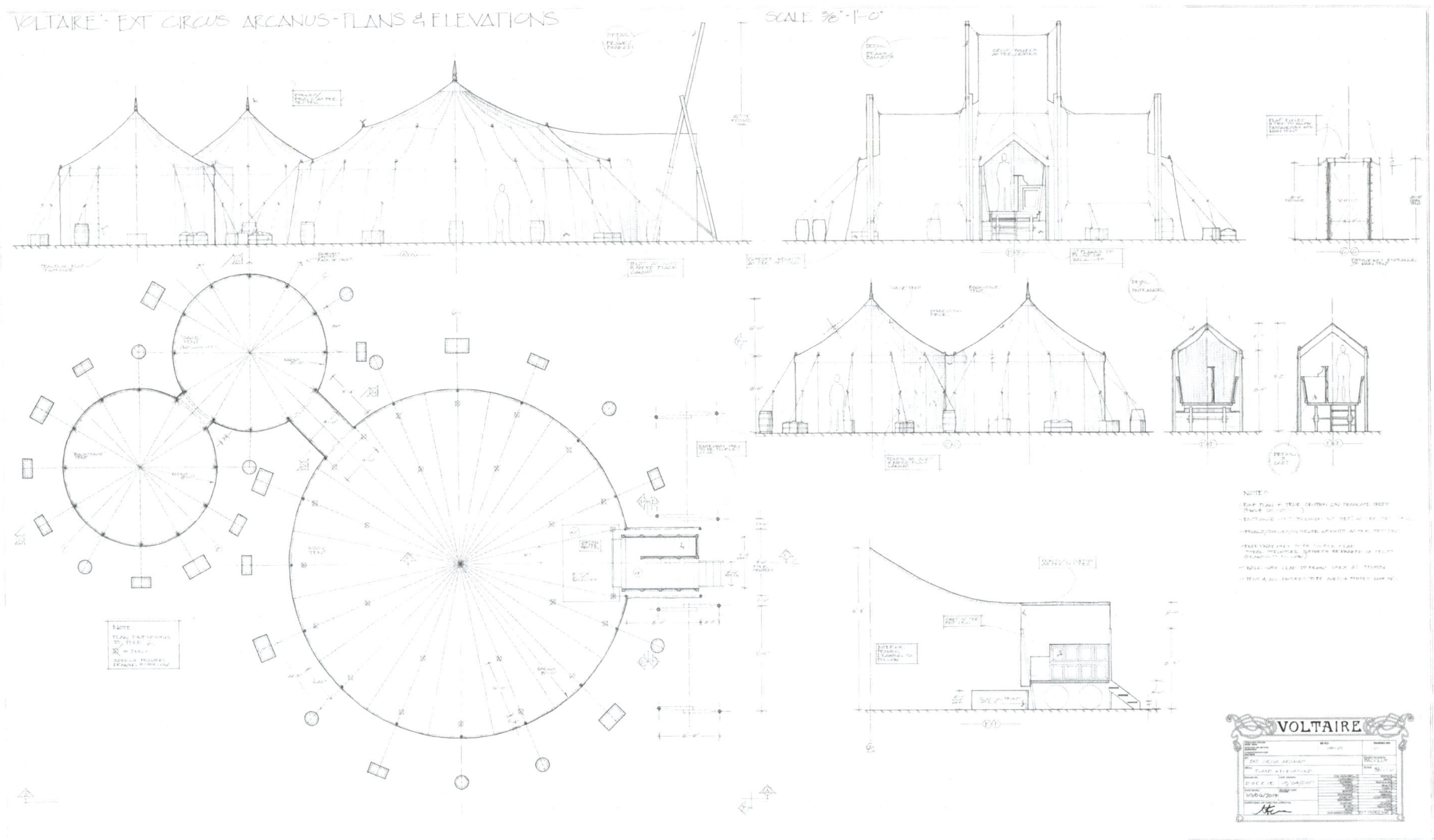

PLANOS DEL CIRCUS ARCANUS

Stuart quería que la carpa del circo fuese algo muy claustrofóbico, y ligeramente siniestro. Para que los detalles fueran correctos, nos documentamos en los circos victorianos y las paradas de monstruos.

Hicimos dos carpas, una para el exterior (que se ve en este dibujo), que estaba construida en el decorado de la calle principal en los estudios de Leavesden, y otra distinta para el interior, que se construyó en el set. La carpa interior era algo más grande que la exterior, para que al equipo técnico le resultara más fácil obtener los planos que necesitaban.

El equipo de atrezo también realizó una preciosa versión en miniatura de la carpa para que se utilizara en la escena en la que el circo se encoje para marcharse. **DY**

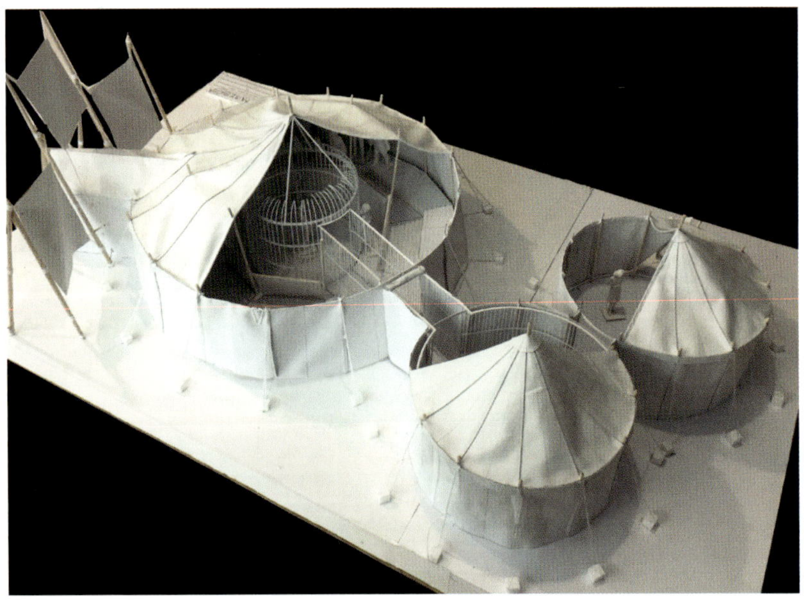

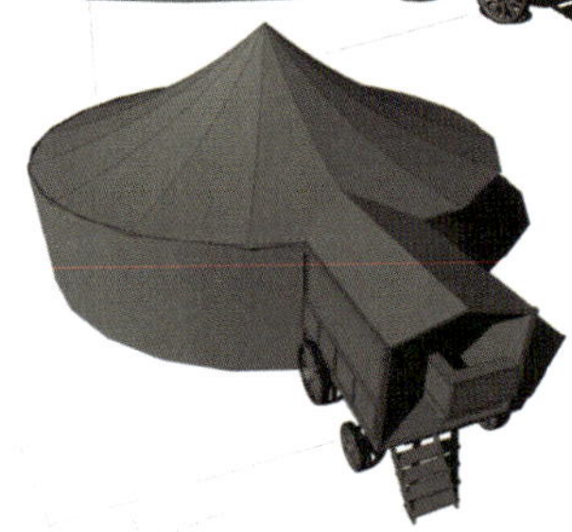

MAQUETA DEL CIRCUS ARCANUS / AD

DISEÑO DEL CIRCUS ARCANUS / PP

DISEÑO DEL CIRCUS ARCANUS / AD

THE DEVIL CHILD
The Greatest Freak of Nature ever placed on exhibition.
CURIOSITIES
The Tattooed Lady
Conjoined Twins!

‘Esta fue mi primera ilustración del Circus Arcanus, que muestra esa sensación inquietante que obtuve tras leer el guion por primera vez.’

• CIRCUS ARCANUS / PP •

DISEÑOS PARA EL BAÚL DEL CIRCO
Todo el circo debía surgir de la cesta por arte de magia. **EK**

CASETAS DEL CIRCO
Maquetas en 3D de algunas de las numerosas casetas del circo, basadas en dibujos del equipo de decoración de sets. Después yo usaría estas maquetas para mi dibujo del circo. **EK**

ATRACCIÓN DEL GRAPHORN
Estos diseños de la atracción del graphorn se inspiraron en el *houdah*, ese asiento con dosel que se utiliza en Asia para poner encima de los elefantes. **EK**

SKENDER
Para captar con éxito el aspecto de Skender, Colleen usó como referencia el atuendo tradicional de un maestro de ceremonias de circo y proporcionó un par de muestras de tejido para los pantalones con patrón de diamantes y terciopelo para la chaqueta. Mi trabajo era dibujar la pose del personaje que mejor se adaptara al físico del actor, añadiendo algunos elementos de atrezo potenciales. **DW**

LA CARPA PAÑUELO DE SKENDER
El mago Skender encoge la carpa principal del Circus Arcanus cuando surgen los problemas en el circo. Nos imaginamos que se encogía, pero que seguía conservando su forma. Stuart pidió que los mástiles se agruparan en una mano mientras que la tela se doblaba y se guardaba en el bolsillo superior. **MS**

BAÚL Y CARRO DEL CIRCO
En este diseño se busca dar el aspecto normal de un carro tirado por un caballo. Sin embargo, el contenido del baúl no tiene nada de normal, ya que contiene la carpa del circo, criaturas grandes y pequeñas y todo tipo de parafernalia circense mágica. **EK**

EL ONI Y EL KAPPA

Utilizando el diseño del oni realizado por Ben Kovar, esculpí digitalmente un oni e incorporé al kappa en una pequeña carpa lateral. Stuart quería hacerse una idea de los tamaños relativos necesarios para que las criaturas se sintieran apretujadas en el interior. **PC**

EL ONI

Este fue uno de mis primeros dibujos del oni. El primer dibujo estaba basado en una enorme estatua budista tallada en piedra. Más tarde añadí la pintura corporal, tras ver las fotografías de los elefantes indios pintados. Me gustaba la idea de que el oni fuera un amable gigante que se deja pintar por los niños. **BK**

IMAGEN DEL KAPPA / AB

BOCETO DEL KAPPA
Este boceto fue mi propia visión del kappa. **RB**

DISEÑO DEL KAPPA
Usando el diseño de Paul Catling, saqué mis propias ideas para la coloración. **SM**

DISEÑO DEL KAPPA
Esta fue una evolución de un diseño realizado por Adam Brockbank para la primera película, pero con una estructura facial más humanoide. **PC**

KAPPA INICIAL
Después de que los diseños en 2D recibieran la aprobación, pasé a una escultura digital para trabajar los detalles más sutiles en 3D. **PC**

DISEÑO DEL KAPPA
Este es un diseño rechazado de la primera película que volvió a cobrar interés en *Animales fantásticos: Los crímenes de Grindelwald.* Los rasgos faciales recuerdan al aterrador pez lobo. **PC**

KAPPA EN EL CIRCO
A medida que el kappa se aproximaba a su diseño definitivo, llegó el momento de verlo en su entorno, furioso con los espectadores del circo. **PC**

EL DRAGÓN DE FUEGO
En esta página y la siguiente aparecen diversos diseños iniciales del dragón de fuego, en los que trataba de encontrar una dirección para el animal que gustara a todo el mundo. **PC**

DESARROLLO DEL CONCEPTO DEL DRAGÓN DE FUEGO / PC

EL DRAGÓN DE FUEGO
Después de elegir el diseño del dragón de fuego, llegó el momento de ubicarlo en su jaula para asegurarnos de que sus proporciones funcionaran dentro del espacio. Se añadieron las chispas para dar sensación de movimiento. **PC**

DISEÑO INICIAL DEL ZOUWU
Este fue un enfoque inicial que trataba de transformar los estilísticos perros de los templos chinos en criaturas mucho más creíbles. **PC**

BOCETOS DEL ZOUWU
Primeras ideas para el zouwu en las que intentaba mostrar su tamaño y su movimiento. **YJ**

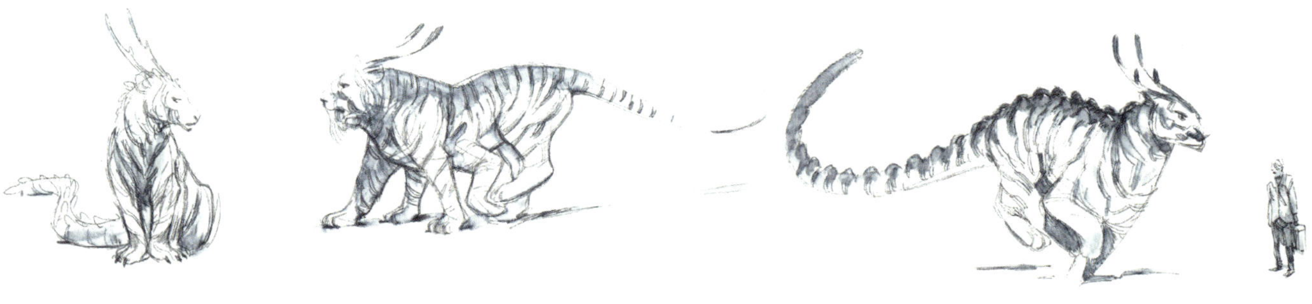

BOCETOS DEL ZOUWU
Al principio del proceso de diseño, cuando trataba de capturar el aspecto del zouwu, este gato gigante se me aparecía en sueños todas las noches. **MK**

DISEÑO INICIAL DEL ZOUWU
Aquí intentaba incorporar al diseño algunos motivos de los dragones chinos. **JJ**

DISEÑO INICIAL DEL ZOUWU
En este pretendía mostrar la escala entre el zouwu y los humanos, y hacer que la criatura fuese accesible para los jinetes. **JH**

DISEÑO INICIAL DEL ZOUWU
Trataba de transmitir la escala entre el zouwu y los humanos y, al mismo tiempo, potenciar el aspecto felino de la criatura. **JH**

EL ZOUWU / ABR

DISEÑO INICIAL DEL ZOUWU
El personaje tenía que parecer orgulloso, poderoso e imponente. Los dientes retráctiles que utilicé aquí llegaron hasta el diseño final. **SR**

BOCETO INICIAL DEL ZOUWU
En este boceto estaba explorando qué aspecto podría tener el zouwu si fuese una combinación de dragón, caballo, león y ciervo. **JG**

BOCETOS INICIALES DEL ZOUWU
En estos bocetos iniciales me inspiré en las máscaras del teatro Kabuki japonés, teniendo en cuenta que el animal debía ser lo suficientemente ágil para trepar, saltar y correr. **JG**

EL ZOUWU / RB

CONCEPTO DEL ZOUWU
Este fue mi último diseño del zouwu; cuando tuve tiempo libre, decidí hacer esta versión alternativa para dar al personaje una visión más fresca. **MK**

DISEÑO DEL ZOUWU / RB

CADENA DEL ZOUWU
Una renderización en 3D de las bolas y campanas de plomo que adornan al zouwu cautivo. Pretendían resultar decorativas para disimular la crueldad de su función: quitarle el poder mágico a la crin del zouwu. **RB**

ZOUWU ENCERRADO
En este diseño del zouwu con su collar, quería darle un aspecto triste, desprovisto de sus poderes mágicos. **RB**

EL ZOUWU
Este diseño mostraría el aspecto del zouwu en su estado natural tras liberarse del collar que llevaba en cautividad. En esta fase del proceso de diseño, la crin de tentáculos se convirtió en una crin de pelo. **RB**

CONCEPTO DEL ZOUWU
Tras realizar muchas versiones del diseño de tigre, los supervisores de VFX Tim Burke y Christian Manz me pidieron que me centrara en capturar la esencia oriental del animal. Para este diseño, me inspiré en las estatuas chinas de los perros guardianes. **SR**

‘Esta imagen muestra al zouwu atrapado en su jaula, triste y asustado. Se ve que los tentáculos de su crin resbalan por su cuerpo. Cuando el temperamento del zouwu se altera, también lo hace su crin, pero aquí aparecen lacios para reflejar su desesperación.’

• EL ZOUWU / SR •

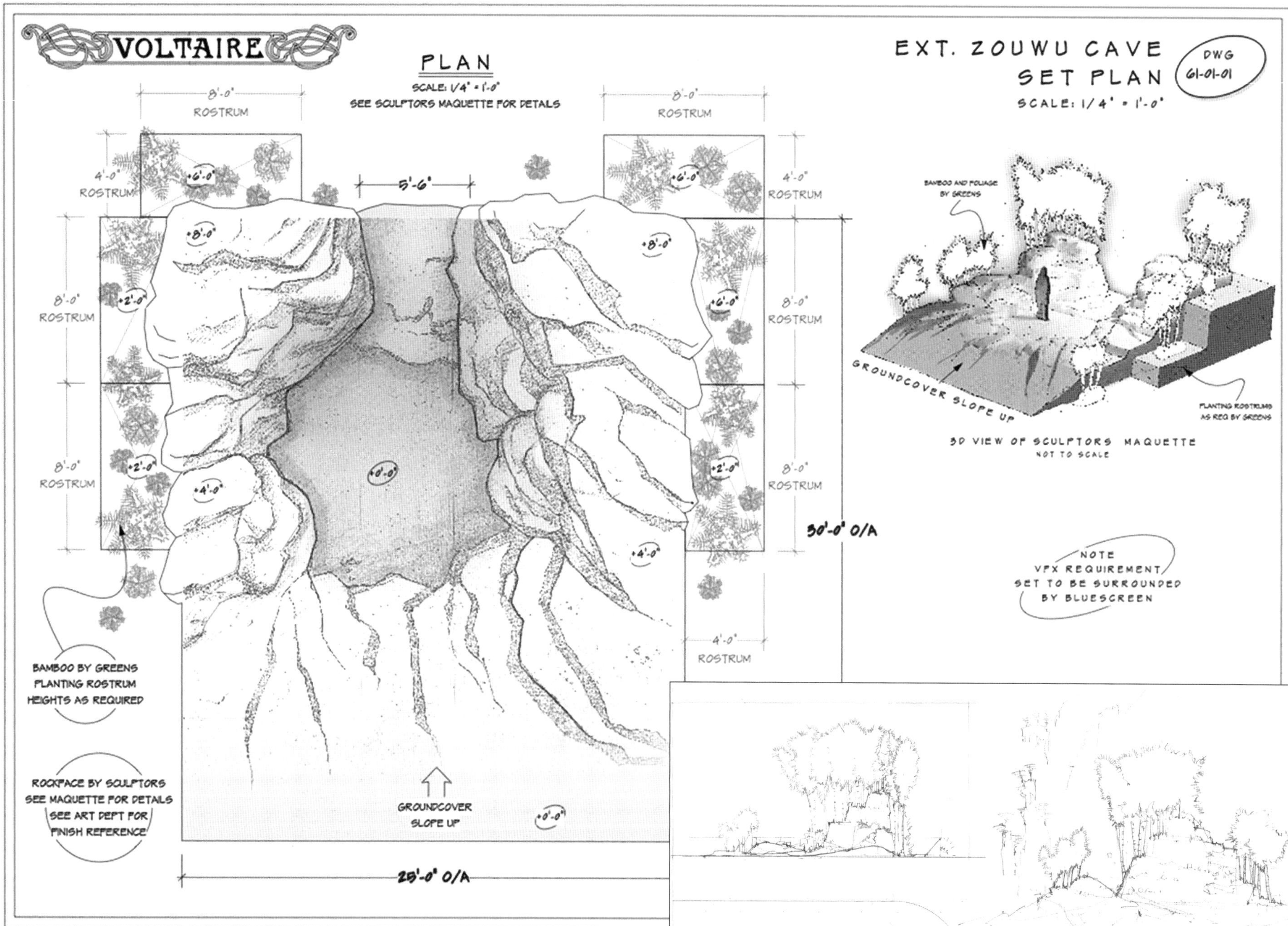

PLANO DE LA CUEVA DEL ZOUWU / TD

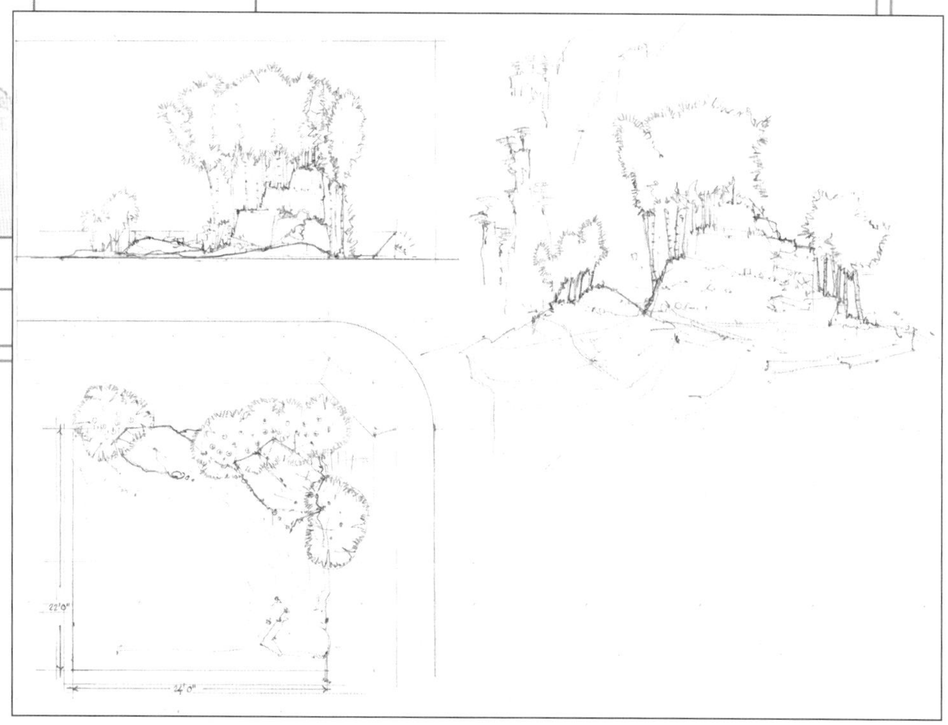

BOCETO DE LA CUEVA DEL ZOUWU

Este boceto esquemático fue el punto de partida para el plano final durante la fotografía principal de *Animales fantásticos: Los crímenes de Grindelwald*, un entorno dentro de la maleta de Newt, apto para albergar al mítico zouwu. Este entorno estaba basado en las regiones montañosas de China, muy boscosas y con mucho bambú, con picos imposibles que surgen del bosque. Poco más de una semana después de este boceto inicial, estábamos grabando en el set, en un bosque de bambú. **CH**

PRIMER PLANO
DEL ZOUWU / PC

EL ZOUWU

Bastante avanzado el proceso, estos conceptos –aquí y en la página anterior– fueron adaptaciones de un diseño de Framestore, casi todo son retoques en el color, la textura de la piel y la forma de los ojos. **PC**

LA MALEDICTUS
Este diseño era para captar la emoción, para ver cómo estaría la maledictus en la jaula del circo. Tras completar la renderización en 3D, añadí un poco de atmósfera con Photoshop. **PC**

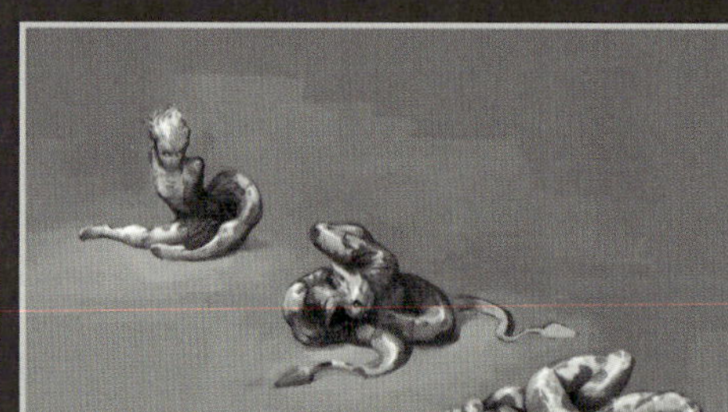

BOCETOS DE LA MALEDICTUS
Estos bocetos describen cómo la maledictus se transformaría en serpiente. La idea aquí era comparar

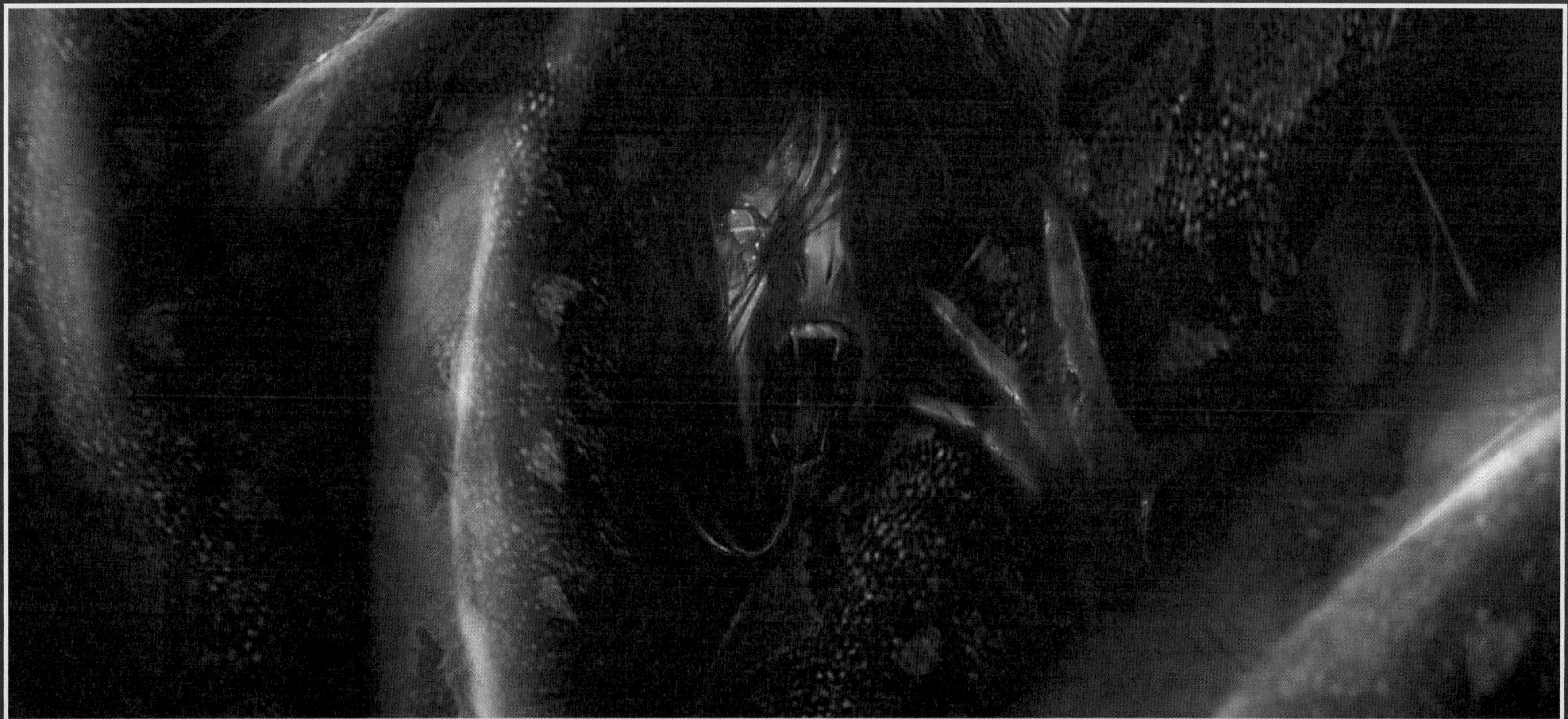

LA MALEDICTUS EN MITAD DE LA TRANSFORMACIÓN / DB

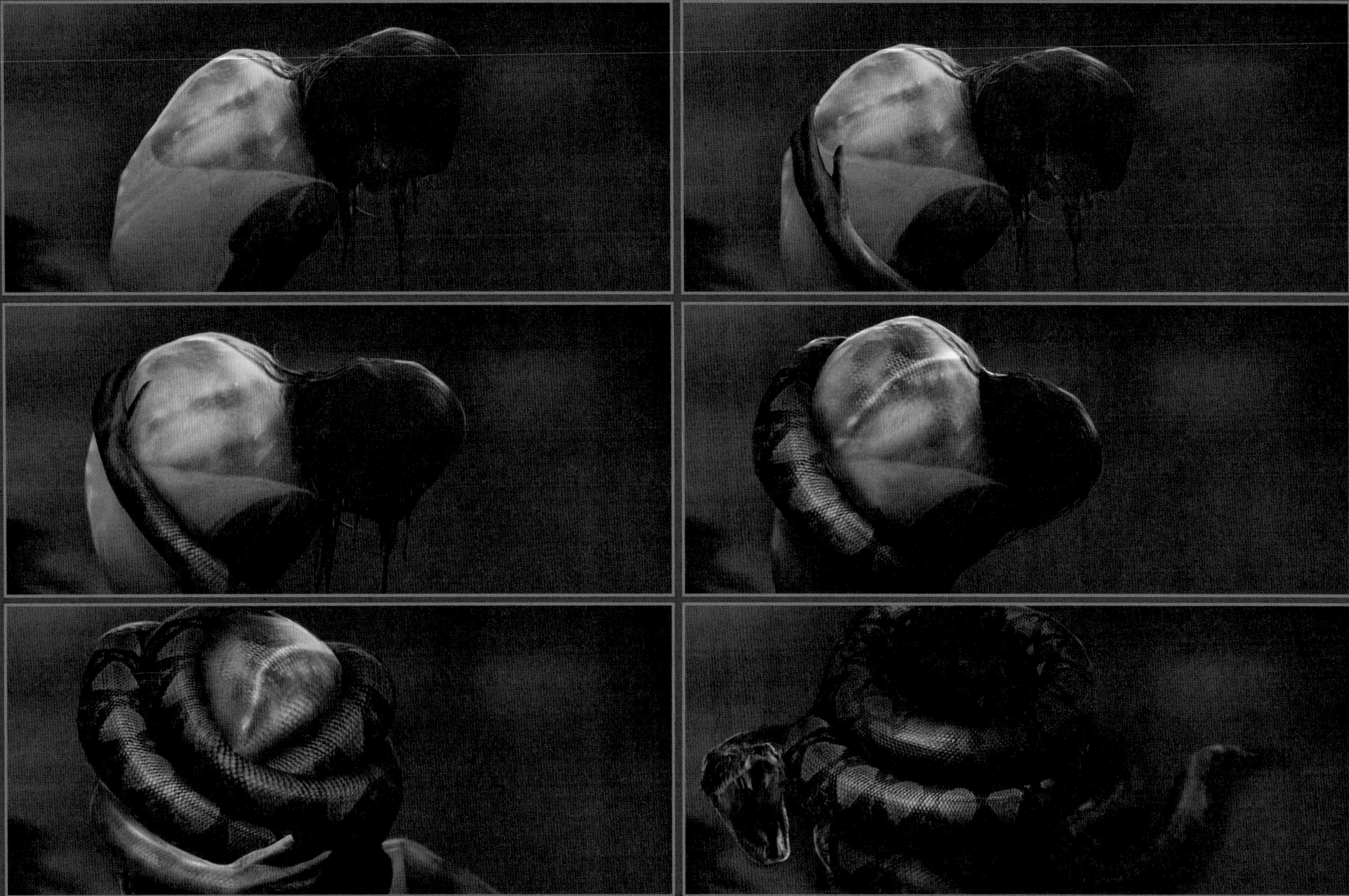

LA MALEDICTUS TRANSFORMÁNDOSE

LA MALEDICTUS / DB

LOS SERES INFERIORES
Un concepto inicial de retrato de dos seres inferiores del circo. **RB**

LOS SERES INFERIORES
Una de las primeras ideas de los seres inferiores que podrían formar parte del Circus Arcanus. **RB**

BOCETOS DE UN SER INFERIOR
Esto fue muy al principio del proceso de diseño, de ahí que los dibujos sean bastante alegres. **RB**

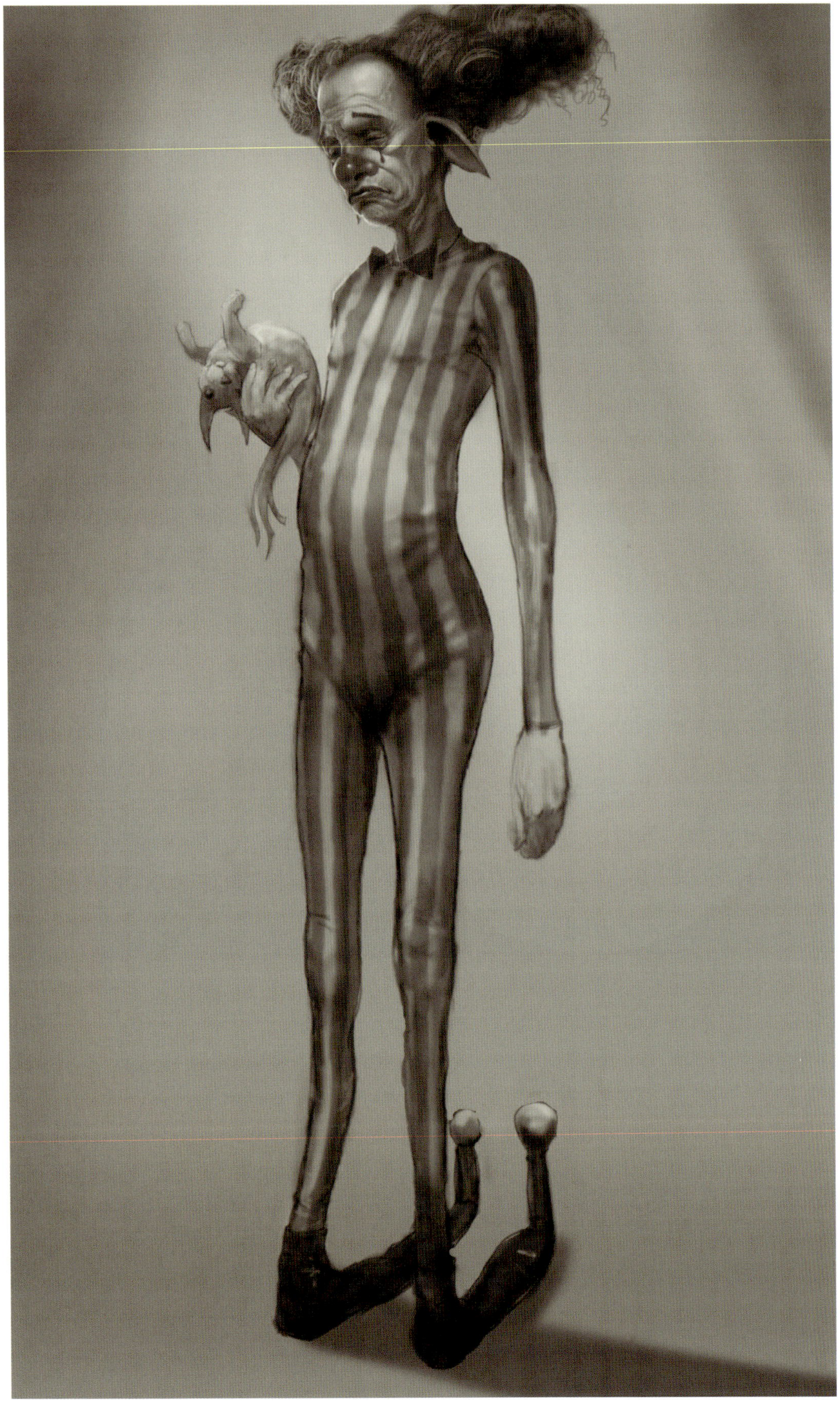

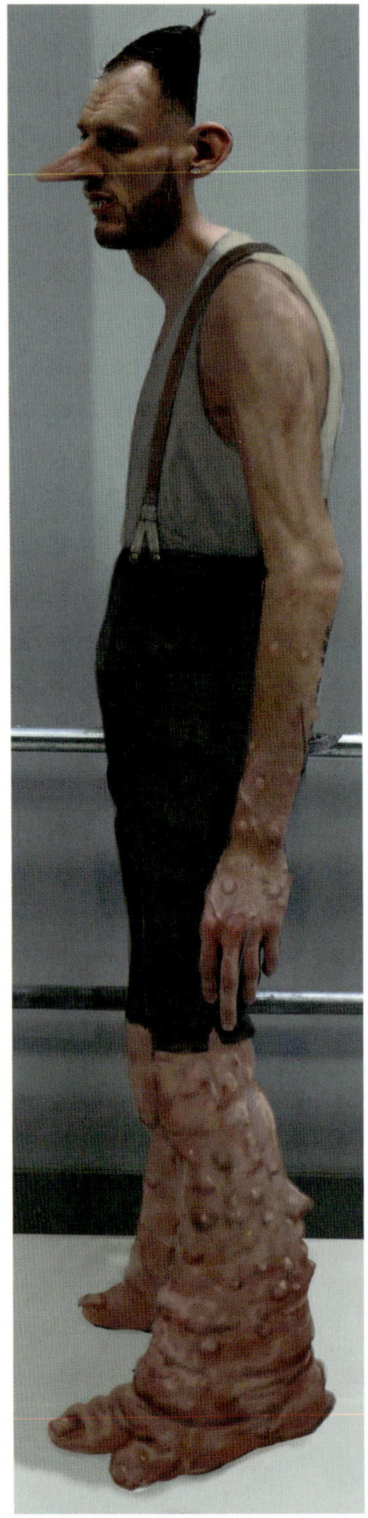

SER INFERIOR / PC

SER INFERIOR
Un boceto digital para captar qué aspecto podrían tener los seres inferiores; este se hizo sin respetar la anatomía humana normal. **PC**

COCHE DE PAYASOS DEL CIRCO
El objetivo de este concepto era ilustrar un coche de payasos, pero me dejé llevar. **PC**

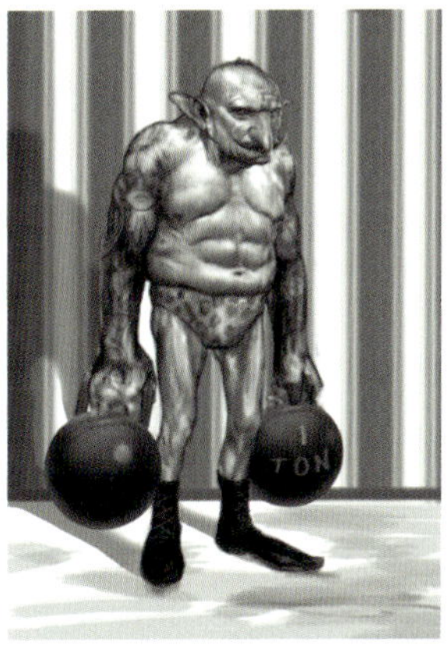

HOMBRE DE DOS CABEZAS / PC

FORZUDO DEL CIRCO / PC

SERES INFERIORES DEL CIRCO
Otro boceto dibujado entre feedback y feedback. Estaba probando ideas un poco locas. **PC**

SER INFERIOR
Estos conceptos fueron de uno de los seres inferiores que llevé demasiado lejos. **PC**

FAMILIA CIRCENSE / PC

CONCEPTO DE SER INFERIOR

Para este ser inferior, imaginé que tenía la cara en el estómago. Me gustaba la idea de que utilizara una cabeza falsa bastante chapucera para intentar mezclarse con los humanos. **BK**

MALABARISTA

Concepto digital de un malabarista que hace malabares con unos palos a los que no les gusta nada. **PC**

ELEVACIONES DEL CARRO DEL CIRCO

El departamento de fabricación de atrezo añadió partes a un carro ya existente. El equipo de efectos especiales añadió después humo saliendo de la chimenea. La rejilla se hizo para que tuviera un brillo rojo. Tras ver la primera versión, Stuart pidió que la chimenea fuese "más alta y más torcida". **JR**

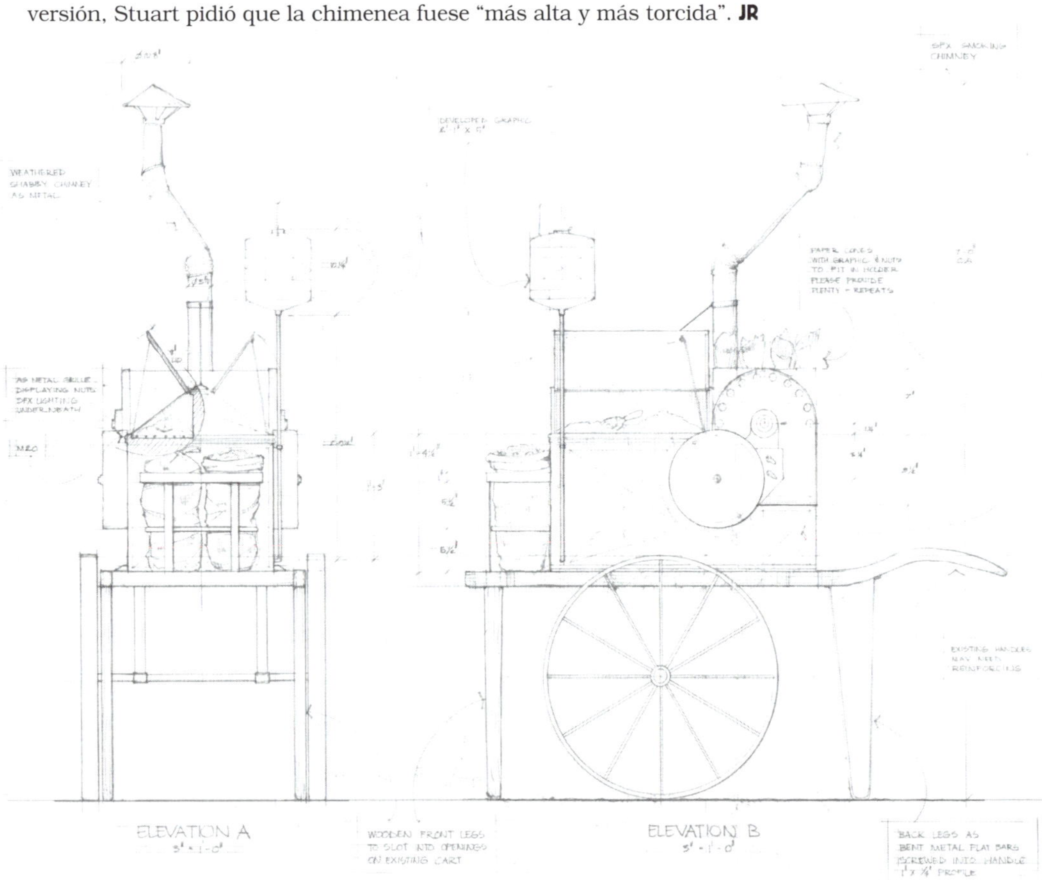

SILBATOS DEL CIRCO

Diseños de silbatos de animales que se venden en las casetas del Circus Arcanus. La idea era que, cuando soplabas por ellos, tu cabeza se convertía en la del animal que representaba el silbato. **MS**

MÁQUINA DE ALGODÓN DE AZÚCAR

Sabía que tendría que haber algún elemento de fantasía que encandilase a los compradores de la comunidad mágica, en especial a los niños, y se me ocurrió, ¿y si el cliente pudiera visualizar en su mente la forma deseada y la máquina de algodón de azúcar pudiera recrearla? Este cerdito es lo que habría deseado yo a los seis años. **MS**

SER INFERIOR / PC

BOCETOS DE UN SER INFERIOR
Me enviaron fotos de un grupo de personas de aspecto inusual que interpretarían a los seres inferiores. La tarea consistía en alterar digitalmente sus rasgos y proporciones para que no parecieran de este mundo. **PC**

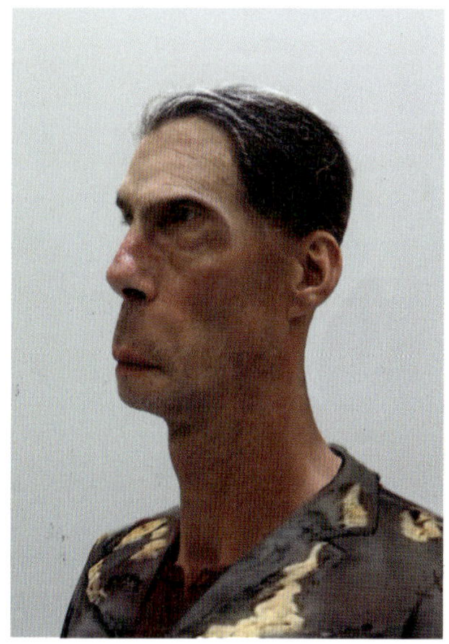

ET FILS
PEINTURE ET VITRERIE
33 RUE RICHER, PARIS
D'OIGNONS
BAR
RESTAURANT
LIQUEURS VINS
CAFÉ

5

PARÍS

PAPETERIE
PAPETERIE
PAPETERIE
PRESSE · RELUIRE
PAPIER · CADEAUX
CARNETS · STYLOS
PAPETERIE

EXTENSIÓN DEL DECORADO DE LA CALLE DE PARÍS

La vista en este diseño mira en dirección contraria a la de la página 134. Aquí, la planta baja y la primera planta del decorado estaban casi terminadas cuando lo fotografié. Utilicé una combinación de una maqueta en 3D y fotografías para prolongar la arquitectura hacia arriba, y pinté las partes del decorado real que estaban sin terminar. **HES**

CREDENCE EN EL MERCADO DE AVES / PP

ILUSTRACIÓN EN 3D DE LOS ESCALONES DEL SENA / HES

CREDENCE BAREBONE, DISEÑO DE VESTUARIO

La inspiración en este diseño inicial que Colleen buscaba nos llegó a través de una época en particular de la historia de la moda, influida por el estilo sin precedentes del ilustrador de moda René Gruau, pero con un enfoque un poco más contemporáneo. A medida que se desarrollaba el look del personaje, el traje fue recortándose. **CC**

BOCETOS DEL MERCADO DE AVES

Estos bocetos rápidos ayudaron a mostrar los ángulos clave que necesitaríamos para grabar la secuencia del mercado de aves junto al Sena, y en ellos se ven todos los elementos: el set, la ilustración y la decoración del primer plano. **CH**

PRIMER PLANO DEL MERCADO DE AVES
Intenté bocetar algunos ángulos de cámara diferentes que mostraran a Credence en el mercado de aves, y algunos de los puntos más famosos de París. Google Earth ayuda mucho cuando planeas rodar en una localización. **PP**

DISEÑO INICIAL DEL PAISAJE DEL MERCADO DE AVES
Utilicé una fotografía de una pequeña porción del decorado como elemento de primer plano para estos dos conceptos del mercado de aves, extendiendo las vistas con fotografías que había tomado en París. Este fue el punto de partida para el diseño, y una guía esquemática para el equipo de VFX. Después de que se rodaran las escenas, tomé una instantánea del copión y pinté sobre ella para dar una idea más precisa de la vista. **HES**

DECORADO DEL MERCADO DE AVES
Aquí nuestro set está en construcción, pero se nos presentó un nuevo ángulo tras las indicaciones del director, así que este boceto improvisado nos ofreció la solución de lo que podríamos ver de fondo por encima del mercado de aves. **CH**

EL SENA, PARÍS
Stuart tenía mucho interés en que se viera el Sena en nuestra versión del París de finales de los años veinte. Mirar bajo los arcos de la curva del río ofrece una visión espectacular de esta arteria que atraviesa el corazón de la ciudad. La parte izquierda de la imagen muestra el bulevar que gira para seguir el curso del río: el lado derecho, sin la pared ni el primer término, muestra la extensión de la ilustración requerida. **CH**

PAISAJE PARISINO

Este boceto a lápiz se convirtió en el fondo clave para las escenas del mercado de aves a orillas del Sena. De nuevo, Notre Dame, uno de los lugares más famosos de París, se divisa por encima de los tejados. Esto determinó la posición de cámara desde la que se capturaría la imagen, y muestra algunos edificios sorprendentemente modernos, perfectos para nuestro decorado. **CH**

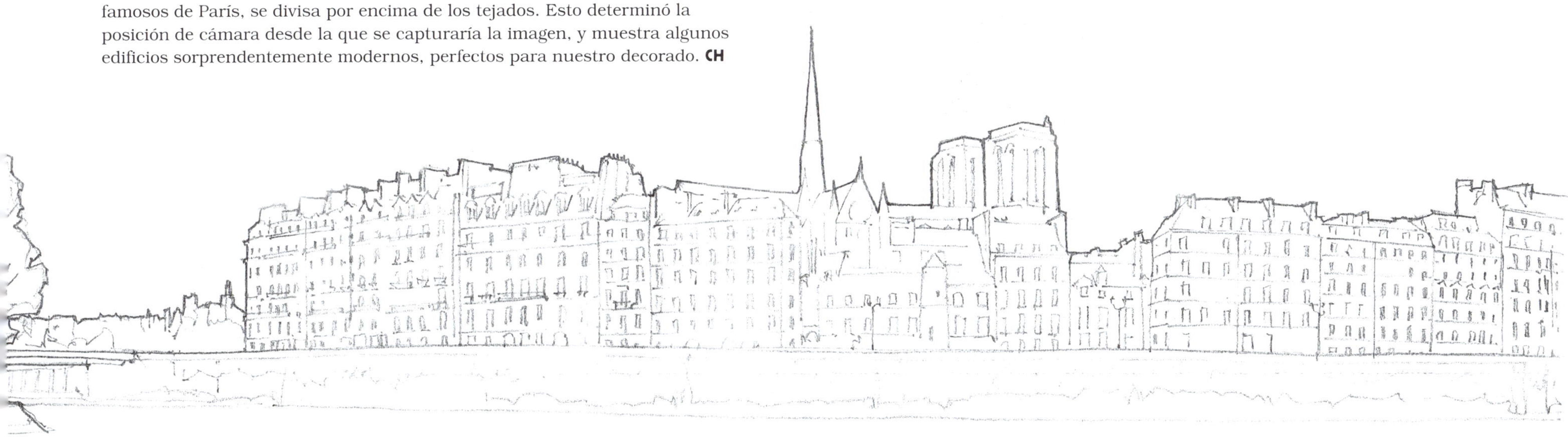

LUTHIER
RESTAURANT

EXTERIOR DE LA CALLE DE PARÍS
Esta imagen fue mi interpretación de lo que sería un punto entre el mundo no mágico de París y la Place Cachée de nuestro mundo mágico. **RZ**

CONCEPTO DE UNA CALLE PARISINA
Este es un concepto inicial que explora posibles extensiones verticales y horizontales para la calle. Este fue el punto de partida para hacernos una idea de cómo se extenderían hacia arriba los edificios y qué cosas podrían verse a lo lejos. **HES**

ILUSTRACIÓN DE UNA TIENDA DE GOLOSINAS
El departamento de decoración de sets necesitaba una imagen del escaparate de una tienda de dulces para hacerse una idea de cómo funcionarían las cosas que tenían en mente, en lo relativo al tamaño y al volumen. Explicaron que querían piruletas colocadas en forma de abanico y diversos animales de chocolate, como búhos, para adornar las ventanas, además de algunas creaciones poco corrientes. **MS**

TIOVIVO DE LA TIENDA DE GOLOSINAS
Diseñado para formar parte del escaparate de la tienda de dulces, el tiovivo incluía tacitas para leer el futuro, thestrales en vez de caballitos y niños montados en escobas de chocolate. **MS**

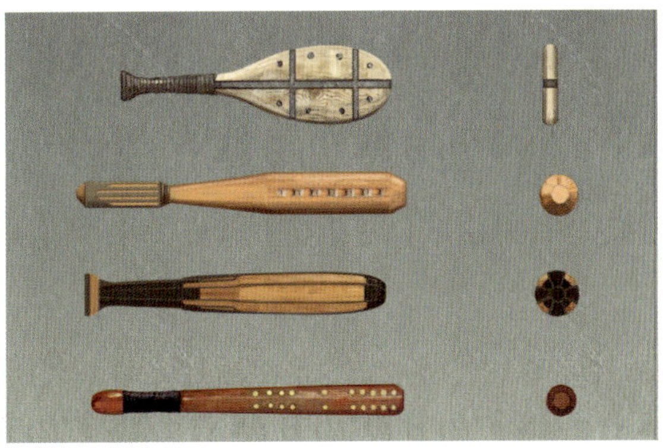

DISEÑOS DE BATES
Nuestras calles parisinas incluían una tienda que vendía artículos para Quidditch, que por supuesto necesitaba artículos para los jóvenes magos franceses. Estos diseños son versiones del bate utilizado para ese deporte, pero debían ser ligeramente diferentes de aquellos que aparecían en la serie de Harry Potter, porque esto es francés y además de una época anterior. **MS**

ESCALONES DE PARÍS
El estilo arquitectónico de París a principios del siglo XX tenía que ser rigurosamente fiel, incluso en las imágenes de fondo más fortuitas. **CH**

CALLE DE PARÍS
Tras varios conceptos anteriores, Stuart seleccionó una calle ya existente que le gustaba de París para esta extensión. En la realidad, la calle tenía algunos escaparates y elementos modernos, pero era más larga de lo que necesitábamos, así que pude elegir la arquitectura apropiada y quitar los edificios que no queríamos, lo que hizo que termináramos con el plano editado de una calle.

Esta imagen se creó utilizando una fotografía del set casi terminado: se aprecia la diferencia en el diseño del set físico y la idea de la calle prolongada de mi concepto anterior. **HES**

ESCALONES DE PARÍS
Para la extensión del decorado de los escalones de París –que estaba inspirada en la vista de la basílica del Sacré Coeur en Montmartre– Stuart quería prolongar los escalones más allá del decorado real (que estaría compuesto de los dos primeros tramos de escalones) hacia arriba y alrededor, con la basílica más allá. Construí una maqueta en 3D de la prolongación de los escalones y de los edificios adyacentes y escogí una vista del Sacré Coeur de una serie de fotografías de París para usar en el fondo. **HES**

ESCALONES DE PARÍS
Un boceto rápido y sucinto añadió claridad a las indicaciones para nuestro equipo de paisajismo, que logró con gran habilidad dar vida a este decorado. **CH**

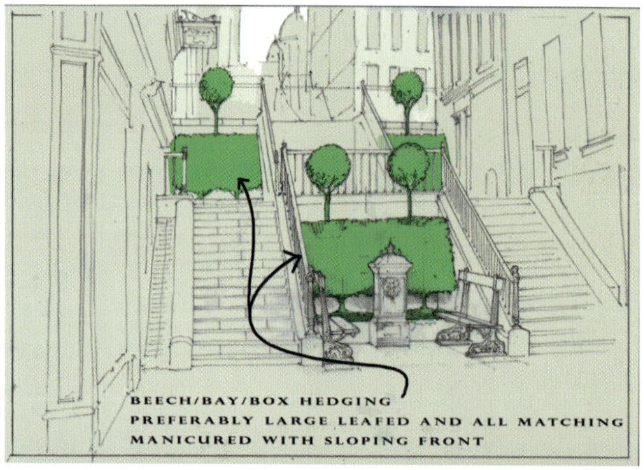

VINS
PAYS
Md DE VINS

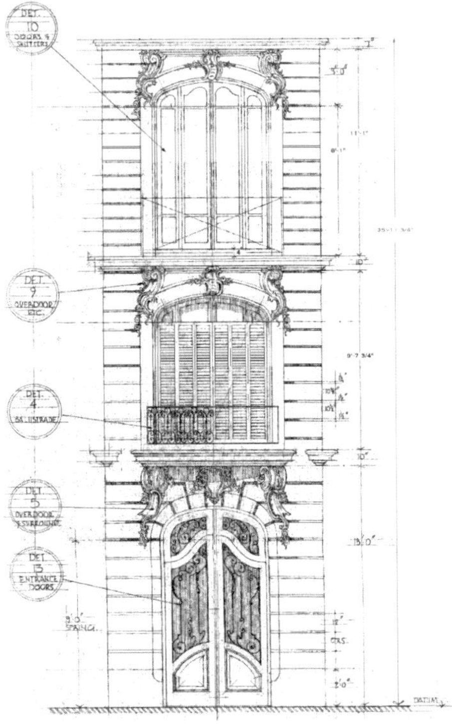

PLANO DEL DECORADO EXTERIOR DE LA CALLE DE PARÍS

Dibujando de nuevo sobre una fantástica muestra de materiales recopilados durante el viaje de documentación a París, este plano se preparó inicialmente antes de decidir darle la vuelta y añadir alguna variación a la planta baja y utilizarlo para construir uno de los muchos edificios del decorado. **LT**

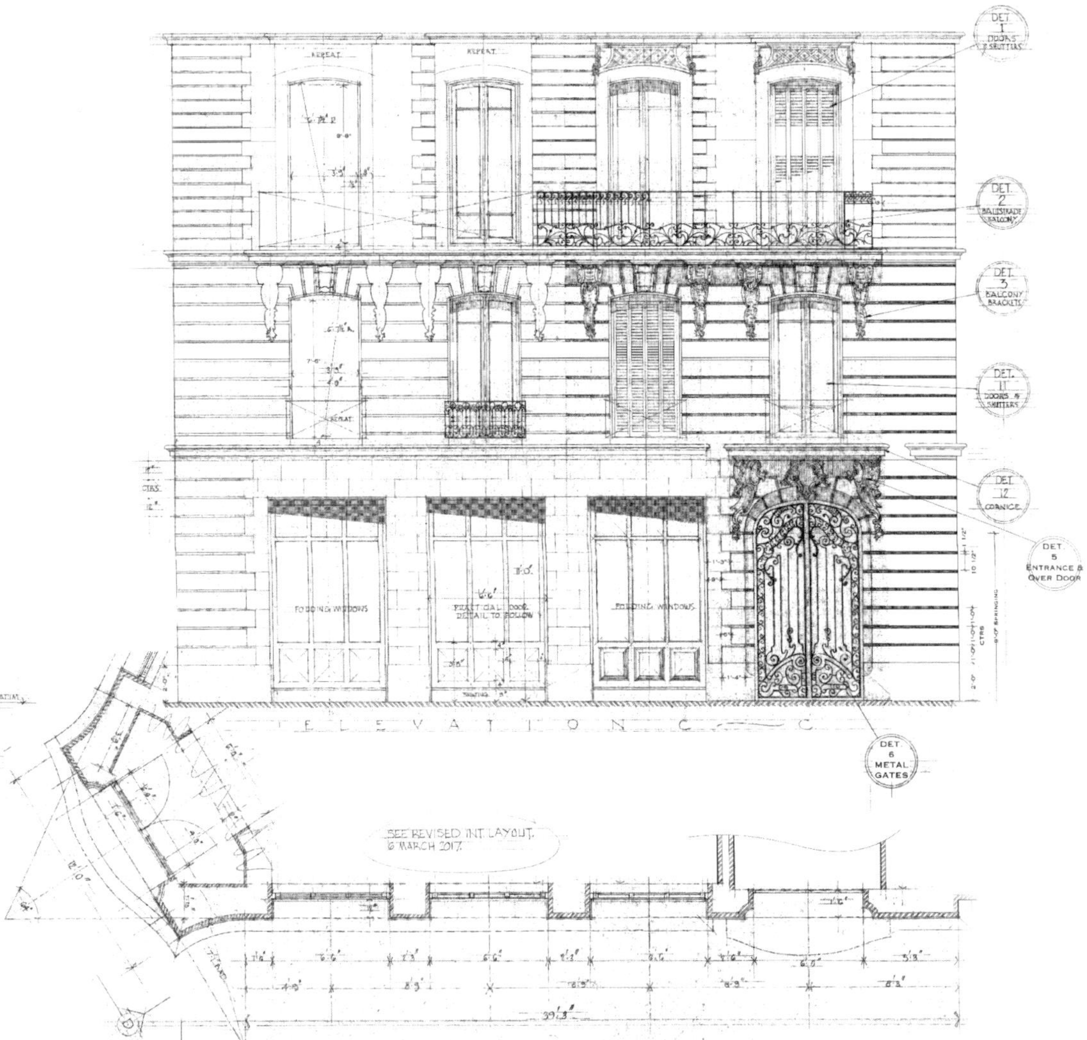

PLAN AT GROUND FLOOR

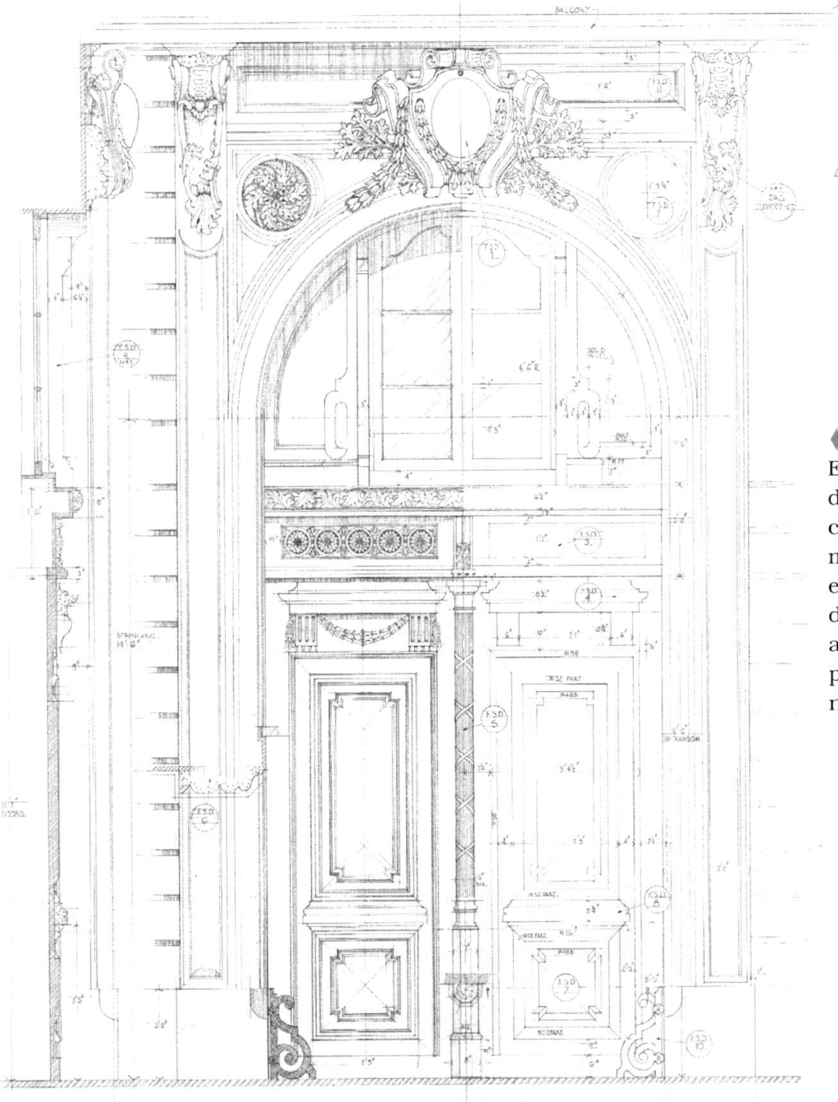

PUERTAS DE ENTRADA AL PATIO

En París se tomaron muchas fotos de referencia de puertas, fachadas de comercios y detalles arquitectónicos mientras buscábamos ideas para nuestros edificios. Gracias a esa magnífica fuente de materiales diseñamos esta puerta, que acabó en el decorado de un patio como parte de uno de los muchos edificios de nuestra versión de la ciudad. **LT**

SOPORTE DE PUERTA DE PARÍS

Este dibujo del soporte de una puerta, que iría encima de las puertas de entrada de uno de los edificios, ilustra a la perfección el cuidado y la atención a los detalles que se invirtieron en todos los aspectos del enorme set de París. **LT**

CONCEPTO DE UNA CALLE DE PARÍS
Este es un concepto inicial que pinté como idea para las extensiones de la calle, en cuyo centro había una casa de huéspedes. Diseñé el plano de la calle utilizando una maqueta en 3D que construí basándome en los dibujos del set físico que estaba propuesto, después prolongué la arquitectura hacia arriba para crear edificios enteros. Utilicé fotografías para crear las vistas lejanas de Fontaine Molière y las casas en lo alto de la calle lateral. **HES**

CONCEPTO DE UNA CALLE DE PARÍS
Esta imagen transmite a la perfección no solo cómo será el set durante el rodaje, sino también las extensiones del set que añadirá el equipo de VFX. Aquí, la fuente y su intersección se ven a lo lejos, mientras que una versión de las calles que rodean el Panteón desvía nuestra mirada hacia la derecha. En estos diseños, todos los edificios han de tener diseñadas las plantas superiores con todos sus detalles para que puedan utilizarse si es necesario. **LT**

EXTERIOR DE UNA CALLE DE PARÍS
Trabajé a partir de dibujos del decorado propuesto para crear una maqueta en 3D y después una combinación de fotografías y referencias históricas para crear los edificios de más allá. El decorado aún no se había construido cuando creé esta imagen, y de hecho el diseño y el tamaño del decorado físico cambiaron en parte después de esta idea. Pinté varias versiones de estas dos calles, al final logré fotografiar un decorado casi terminado y pude prolongar la arquitectura desde ahí. **HES**

Cafe

EXTENSIÓN DEL DECORADO DE LA PLAZA DE PARÍS

Stuart había encontrado una localización en París para esta calle al principio del proyecto. Regresé y fotografié la plaza y todas las calles adyacentes; la arquitectura general era buena, pero teníamos que sustituir todas las tiendas modernas a pie de calle, los nuevos ventanales y otros complementos. Cuando empecé a trabajar en esta imagen, solo planeábamos construir el centro de la plaza como decorado práctico, pero los planos evolucionaron y pudimos construir también algunas de las fachadas de los comercios. **HES**

BOCETO DE LA PLAZA DE PARÍS

En este boceto, necesitábamos una solución para ayudar a esconder la casa de Nicolas Flamel, un edificio con una presencia importante en otro momento de nuestra historia, para que no se viera de fondo en una escena que tuviera lugar en otra parte de la ciudad. Debido a las restricciones con el espacio disponible en el estudio, con frecuencia es necesario construir decorados diferentes muy cerca unos de otros. El apuntalamiento, que parece sujetar un edificio que se está hundiendo, en realidad sirve para enmascarar la fachada de la casa de Flamel, y hubo de instalarse al terminar una jornada de rodaje, antes de que comenzara el rodaje al día siguiente. **CH**

MAQUETA DE LA PLAZA DE PARÍS / AD

EXTENSIÓN DEL DECORADO DE UNA CALLE DE PARÍS

Fotografié el decorado construido en el estudio y utilicé una combinación de maquetas en 3D, fotografías y pinturas a mano para prolongar la calle y terminar las partes más altas del decorado. Stuart quería un puente levadizo para prolongar la carretera, así que utilicé referencias históricas y fotografías de un puente existente en París para crear esto en 3D. El edificio que hay más allá del puente pasó por diferentes versiones, y al final Stuart escogió uno inspirado en uno de los edificios de la Universidad Descartes de París. **HES**

EXTENSIÓN DEL DECORADO DE UNA CALLE DE PARÍS
Para esta imagen fotografié el decorado (casi) construido en el estudio y añadí la parte superior de los edificios utilizando una maqueta en 3D. Las plantas superiores y los tejados se crearon con una combinación de referencias fotográficas en 3D de edificios de París. **HES**

EXTENSIÓN DEL DECORADO DE UNA CALLE DE PARÍS
En esta secuencia, la primera imagen muestra el decorado físico que se construiría en el estudio, y la extensión digital que tendría que crear el equipo de VFX (mostrada en verde). Para todas las extensiones de las calles, proporcioné un concepto terminado y también una de estas imágenes en las que se muestra en verde el terreno de VFX para que el equipo pudiera trabajar a partir de ahí. **HES**

EXTERIOR DEL APARTAMENTO DE IRMA
Credence y la maledictus se aproximan a la vivienda de Irma a través del patio. Para este entorno, Stuart tomó como referencia fotografías históricas de patios parisinos. **EK**

EXTERIOR DEL APARTAMENTO DE IRMA
En este plano contrapicado del patio, Credence y la maledictus se dirigen hacia la escalera de caracol, que los conducirá hasta el ático de Irma. **EK**

EXTERIOR DEL APARTAMENTO DE IRMA

Para este concepto, fui a la Ópera Garnier de París y fotografié las calles circundantes desde el balcón. Utilicé eso como referencia para los edificios que vemos detrás del apartamento. Utilizando una foto del decorado del estudio como punto de partida, construí la calle en 3D y proyecté fotografías sobre la parte superior, después terminé pintándolo a mano. Para la extensión VFX del exterior del apartamento de Irma (el tejado y las plantas inferiores) utilicé un edificio que habíamos encontrado y fotografiado en un viaje de documentación a París. **HES**

REFERENCIA DE UNA CALLE DE PARÍS

Este es un fotograma original sacado del copión en el que se ve la pantalla verde que después se llenaría de VFX. **HES**

CONCEPTO DE UNA CALLE DE PARÍS

Este es el concepto que diseñé, pintando sobre la pantalla verde del croma para mostrar al departamento de VFX la calle que tendrían que añadir al plano. Utilicé arquitectura real de una calle real de París, pero sustituí cualquier objeto moderno. **HES**

EL PUENTE SOBRE EL SENA
Para este concepto, me imaginé una escena en la que Newt tendría que enfrentarse a un animal cuando sale del escondite de Kama, y añadí una explosión feroz para aumentar el dramatismo. Aunque esto no llegó a aparecer en la película, Newt se encontraría con el zouwu en una localización parecida. **EK**

EL RÍO SENA
Newt sigue a Tina hasta las orillas del río Sena. De fondo vemos nuestra versión de Notre Dame. Para esta imagen me inspiré en fotografías del Port de la Tournelle. En ellas se veían grúas a vapor y muchas barcazas enormes que encajaban en nuestro París de 1927. **EK**

BOCETO DE LA EXTENSIÓN DEL DECORADO DE LA FUENTE
La idea para la extensión de este decorado comenzó como un humilde boceto utilizando como inspiración la fuente Saint-Michel, y habría conformado el fondo principal para las escenas del Circus Arcanus. Nuestro director de fotografía, Phillipe Rousselot, nos advirtió de que eso sería muy reconocible para casi todos los parisinos, así que nuestra fuente acabó siendo la fuente Molière, mucho más modesta. **CH**

CONCEPTO DE LAS CALLES DE PARÍS

Inspirado por una vista de la Place Saint-Michel, en este concepto la fuente del lado opuesto está flanqueada por dos preciosos grifos y convierte este ángulo en el telón de fondo perfecto para nuestra película. De los alféizares de las ventanas cuelgan ya algunas de las primeras versiones de las pancartas de Grindelwald. **PP**

SPECTACLES

◀◀ CONCEPTO DE LAS CALLES DE PARÍS
Esta es otra versión de la vista inspirada por la Place Saint-Michel de París, pero en esta imagen he prolongado la intrusión de las pancartas de Grindelwald, haciendo que cuelguen sobre la mayor parte de la arquitectura. Como consecuencia, la luz es mucho más oscura en esta versión, ya que el negro la ha absorbido toda. **PP**

▶ EL PARÍS DE GRINDELWALD
Me gustó mucho la idea de J.K. Rowling de utilizar pancartas negras para cubrir todo París, porque sirvió como metáfora del espíritu oscuro de Grindelwald, que ensombrece el mundo mágico. En este concepto me imaginé las pancartas descendiendo como tornados para arrasar la ciudad. **PP**

6 ESCONDITES PARISINOS

EXTERIOR DEL ESCONDITE EN LA AZOTEA
La lluvia sin duda añade más dramatismo, como puede verse en este dibujo del escondite de Credence en la azotea; pero no siempre es práctico cuando se filma en una caja de pantalla verde. **PP**

SECUENCIA DEL ESCONDITE EN LA AZOTEA
Esta es una de las diversas vistas que probamos para la secuencia del escondite en la azotea. Más tarde, nos pareció que la Torre Eiffel era demasiado prominente en este plano y preferimos una versión mucho más sencilla, fiel al lema: menos es más. **PP**

EXTERIOR DEL ESCONDITE DE LA AZOTEA
Este es otro plano que pinté para la secuencia de la azotea. En otros aparecía la Torre Eiffel, o partes de ella, de manera más prominente y mucho más cerca de la cámara. Incluso probamos con distintas condiciones meteorológicas. **PP**

EXTERIOR DEL ESCONDITE DE LA AZOTEA
Aquí tenemos dos ángulos diferente para explicar mejor la geometría del decorado. **PP**

VISTA DEL ESCONDITE PARISINO EN LA AZOTEA

Para este plano de la vista del escondite de Credence en la azotea, fuimos a París en busca de vistas potenciales desde las azoteas. Una localización (el tejado de un parking) tenía todos los elementos que buscábamos, pero necesitaba algo de trabajo para que funcionara. Tomé muchas fotos de referencia y realicé un concepto en bruto para Stuart utilizando la arquitectura auténtica que pudimos ver. Tomé el tejado abovedado de una iglesia cercana y lo trasladé a otra imagen para sustituir una torre muy moderna que no queríamos ver (pero que tuvimos que mantener porque bloqueaba la luz directa del sol). Trabajé en todos los edificios para que fueran sucios, más auténticos de los años veinte. Añadí mucho humo y niebla contaminada, y utilicé una maqueta en 3D para la chimenea en primer término, para ilustrar lo que veríamos de nuestro decorado real. **HES**

IGLESIA EN PARISINA
Stuart había visto esta iglesia en una misión de reconocimiento a París, y tenía intención de construirla (al menos en parte) en los estudios. Sin embargo, cambiaron los planes y la extensión de la vista de la calle de casa de Flamel acabó siendo digital, así que empleé sus fotografías originales de referencia para crear una guía para los de VFX. Fue necesario un poco de trabajo de pintura, pero es fiel al edificio original. **HES**

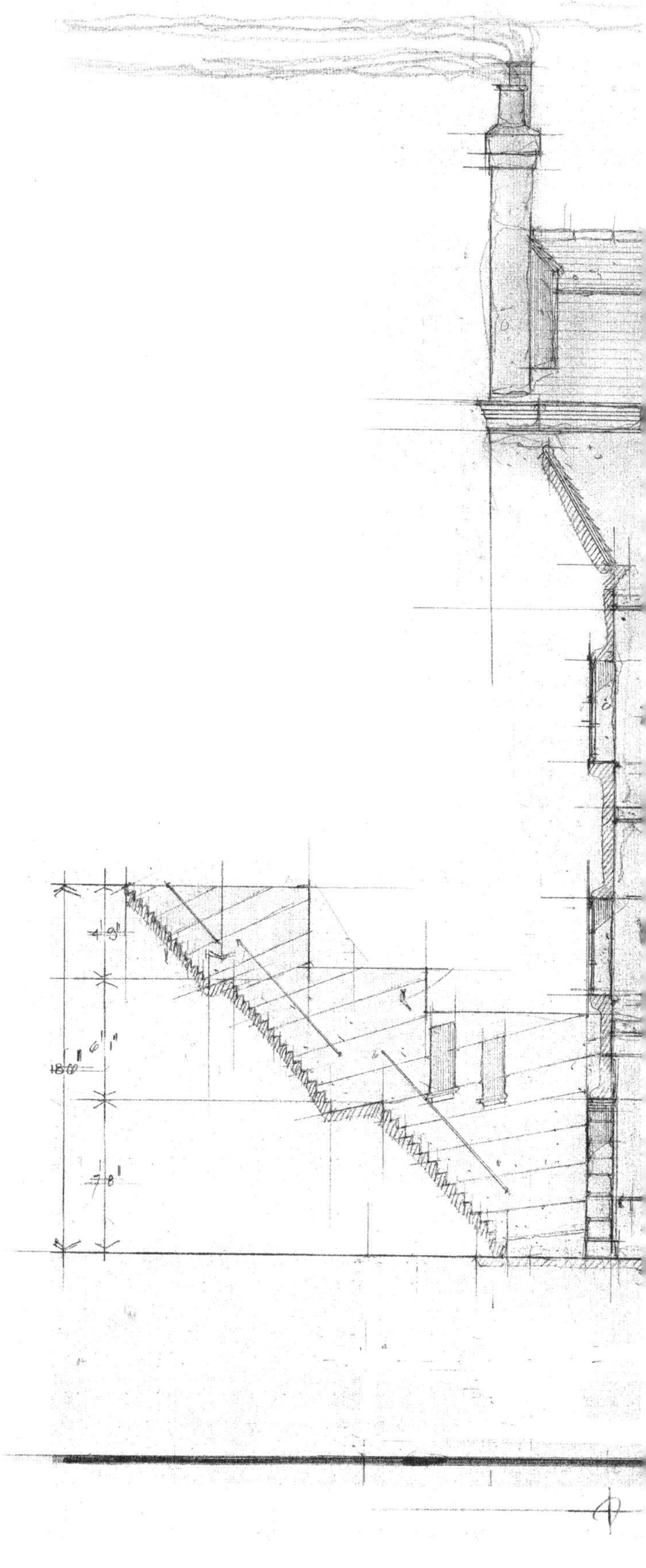

DISEÑO DEL SET DEL EXTERIOR DE CASA DE FLAMEL

Aquí y en la página al dorso tenemos diseños de edificios copiados de unas instantáneas en blanco y negro de determinadas zonas del París de la época, con dos zonas distintas que se construyeron en el estudio; una es la zona más elegante, la otra menos. En general, se construyó solo hasta la primera planta. Los pisos más altos serían un set generado digitalmente. **JK**

VISTA DESDE LA CASA DE FLAMEL / JK

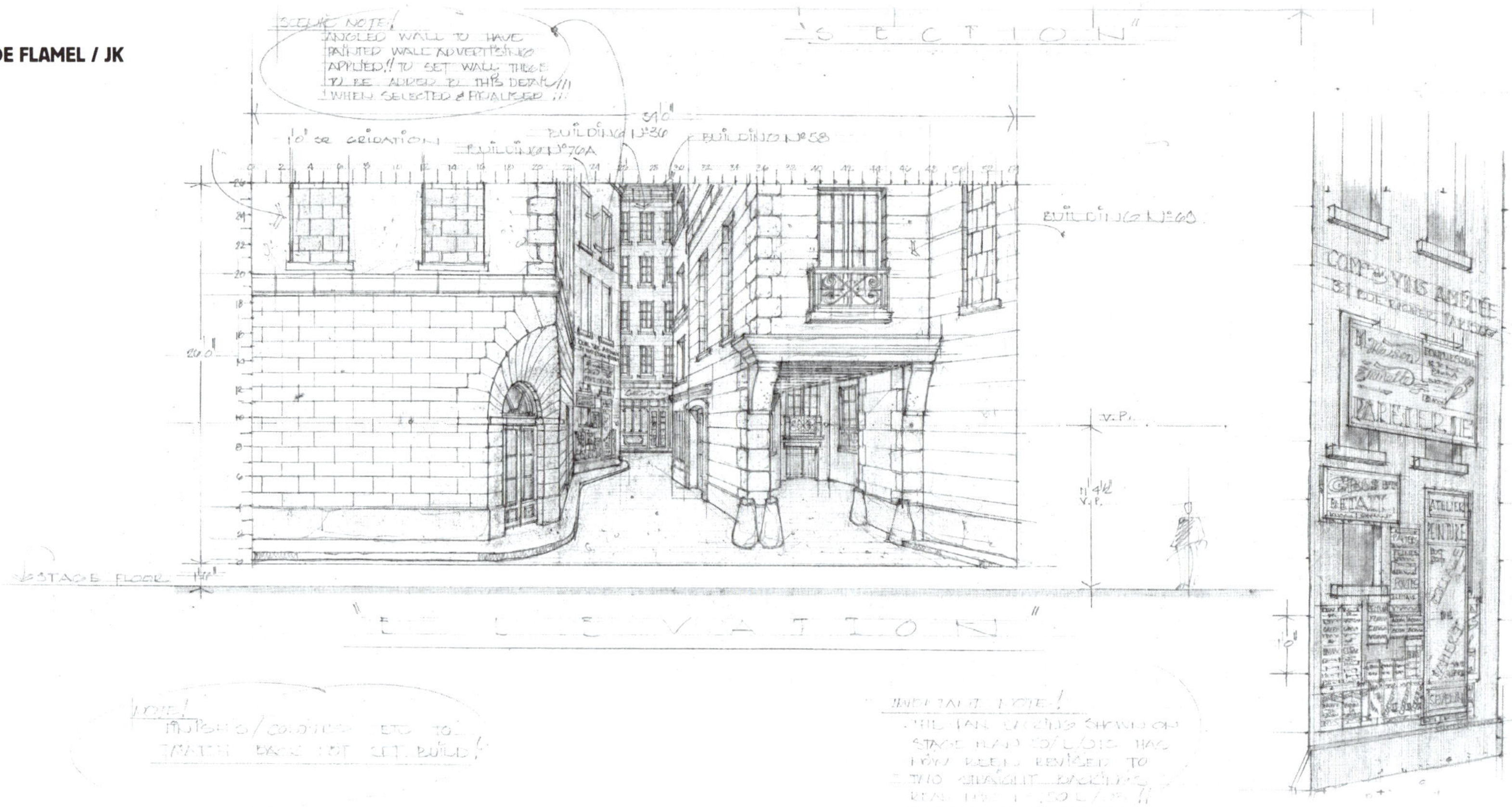

VISTA DE UNA CALLE EN PARÍS

Teníamos varias calles estrechas que se extendían frente a la casa de Flamel, y esta está hecha en su mayoría con arquitectura existente, pero sin ningún elemento moderno, además se pintaron las fachadas de los comercios para que parecieran más auténticos. Fotografié la vista desde el set del estudio (los edificios oscuros del primer término son reales), rellené la calle más allá utilizando una maqueta en 3D con fotografías por encima para crear la prolongación. Después pinté los balcones, las fachadas de las tiendas y la propia carretera a mano. **HES**

BOCETO DE LOS BARRIOS BAJOS DE PARÍS

Esta imagen de los barrios bajos de París, vistos desde casa de Flamel, indicaba cómo sería finalmente una de nuestras extensiones de decorados. Estas vistas bocetadas, que cubren cualquier ángulo posible más allá de los parámetros del decorado físico, ayudó a guiar e informar a los artistas digitales, para que pudieran crear un entorno completo que resultara plausible. **CH**

ILUSTRACIONES DEL LIBRO MÁGICO
Esta serie de imágenes se creó para el libro mágico, que Flamel utiliza para comunicarse con otros magos. Esto expande el mundo mágico de una manera global, así que cada imagen debía reflejar la morada de cada personaje, incluso aunque no estuvieran.

En la imagen principal, debía corresponder fielmente con la localización utilizada para rodar la parte de esta escena correspondiente a Dumbledore. Cada una de estas imágenes, aunque solo aparezcan durante un breve instante, debía tener profundidad y detalle, pues no hay manera de saber dónde recaerá el énfasis de la historia en el futuro.

La morada de Eulalie Hicks profesora del Colegio Ilvermorny de Magia y Hechicería en Massachusetts, fue quizá la más complicada de todas, porque esta imagen contribuía a definir la vivienda de un personaje muy importante. El diseño resultó ser un catalizador, ya que el pequeño set que se creó para rodar este momento evolucionó enormemente, con comentarios del equipo artístico, de la guionista y del diseñador de la producción.

La intención era animar sutilmente las moradas de todos los magos, de modo que lo que yo pretendía era proporcionar un entorno en cada imagen que pudiera dar ideas al equipo de VFX. **CH**

LA CASA DE FLAMEL / PP

EL LABORATORIO DE FLAMEL
Al pintar mis diseños para el laboratorio de Flamel, mi mayor influencia fueron los cuadros flamencos.
Las inteligentes ideas de Stuart convirtieron el decorado en un escenario mágico, lo que también fue una inspiración para mí. **PP**

BOCETO DE LA CASA DE FLAMEL / CH

EL LABORATORIO DE FLAMEL
Además de la valiosa inspiración de Stuart a la hora de preparar los dibujos para este set, también debería dar las gracias a John King, que fue el arquitecto responsable de la casa de Flamel, y a Anna Pinnock, con su experiencia para decorar el set. **PP**

‘Esta es una integración conceptual (con el arte colocado encima de una placa de película) del emblema de Grindelwald, que aparece durante la secuencia de la bola de cristal en casa de Flamel.’

• EL EMBLEMA DE GRINDELWALD / PG •

EL EMBLEMA DE GRINDELWALD
El emblema de Grindelwald debía ser siniestro y amenazante. En este concepto, traté de darle un "aspecto natural", como si surgiera de un cielo tormentoso. Me imaginé que podría verse un instante y después volver a desaparecer entre las nubes. **PG**

LA BOLA DE CRISTAL DE FLAMEL
La bola de cristal de Flamel debía ser grande y decorativa, con tracería gótica en su ornamentación. Este detalle, perfeccionado con un dibujo técnico de Jelle Rebry, hizo que resaltara entre los demás objetos de su banco de trabajo, tal vez como una valiosa herencia familiar. **PG**

EL EMBLEMA DE GRINDELWALD
En respuesta a la historia, acudimos a materiales de propaganda, en particular a las campañas de los nazis, que empleaban estrategias de diseño muy estudiadas para transmitir sus mensajes. Nuestro trabajo es entender la personalidad y los motivos del personaje para el que estamos diseñando, así que esto nos pareció relevante para Grindelwald y su estrategia autocrática de dominación mundial. **ML**

PRIMEROS CONCEPTOS PARA EL INTERIOR DE LA BOLA DE CRISTAL DE FLAMEL

Estos son tres conceptos en los que exploraba cómo podría ser el interior de la bola de Flamel al revelar sus visiones. En el primero, me centré en la estructura general del entorno y en cómo aparecen los personajes dentro de esa estructura. En el segundo me alejé de la paleta monótona y agregué más color. Me gustaba la idea de tener diferentes colores mezclándose unos con otros, como una acuarela. El tercero fue otra aproximación al entorno; aquí jugaba con la idea de que la escena apareciera entre el humo. Es una imagen convencional, pero le di un poco de sabor añadiendo destellos de color. **JC**

EL ESCONDITE DE KAMA
Diseñé esta serie de dibujos para la secuencia en la que Kama guía a Tina hacia el interior de su escondite, para dar a los realizadores ideas sobre el entorno. Empezamos con Kama conduciéndola por unos estrechos escalones hacia las cloacas. Las dos siguientes muestran a Tina encarcelada, desde diferentes ángulos. Se trataba de un espacio muy pequeño, dominado por enormes tuberías oxidadas; Stuart tenía como referencia viejas fotografías de la red de alcantarillado de París. En la imagen grande vemos la visión de Tina desde su cárcel de tuberías. **EK**

EL ESCONDITE DE KAMA

Este fue un encargo complicado. Tenía que transmitir la idea de que Kama había estado tratando de descifrar el árbol genealógico de los Lestrange en la pared de su escondite y al mismo tiempo mostrar sus conclusiones a los espectadores. Se me ocurrió la solución mientras trataba de demostrar que Dermot se equivocaba en una idea que había sugerido. Esos garabatos son los que finalmente aparecerían en la pared. **RB**

DISEÑO DE VESTUARIO PARA YUSUF KAMA

En esta pieza experimentamos con diferentes largos para la chaqueta. Al final, Colleen se decidió por este largo en particular. El mal estado de las prendas también era importante para el desarrollo de este personaje. **CC**

CORVUS LESTRANGE
CORVUS LESTRANGE
CREDENCE BAREBONE

EL ESCONDITE DE KAMA / RB

DISEÑO DEL PARÁSITO
Me pidieron que diseñara el parásito con el que está infectado Kama, y que hace que se traslade hasta la casa de Flamel. Empecé fijándome en las larvas de mosca y en las pequeñas criaturas marinas. Quería crear una combinación de cuerpo orgánico suave y algunas placas de exoesqueleto. Se eligieron los tentáculos por los rasgos parasitarios de la criatura: tenía que aferrarse a su huésped de alguna manera. **MV**

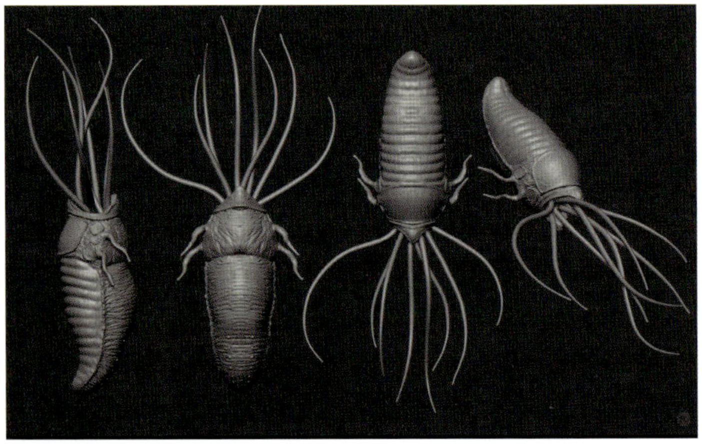

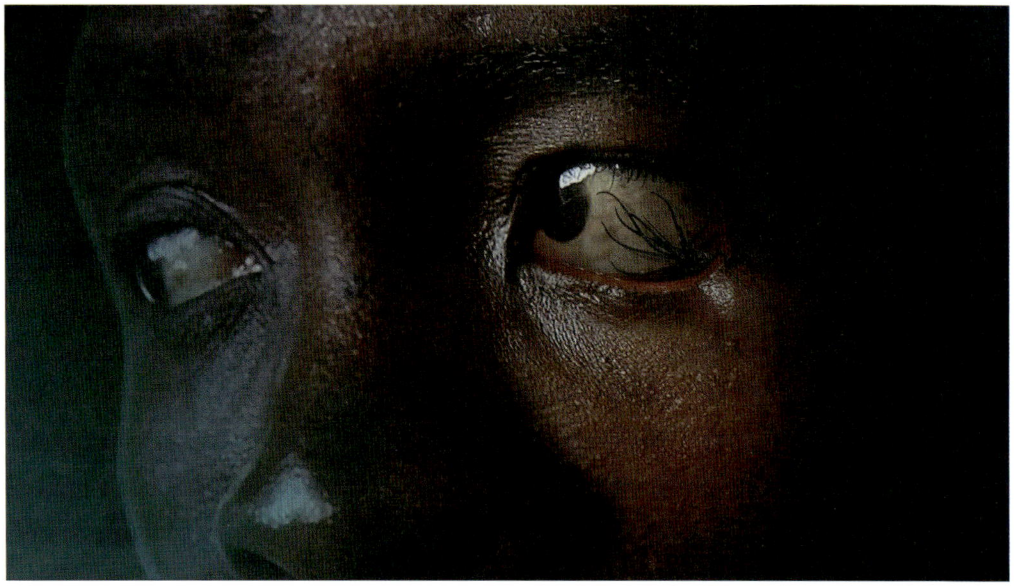

PRIMER PLANO DEL OJO DEL PARÁSITO
Para el primer plano del ojo de Kama, quería algo que provocara una emoción, algo que pusiera el vello de punta a todos, como los pequeños tentáculos que parecen pelos y se agarran al globo ocular. La sensación de que algo crece debajo de tu párpado. **MV**

INTERIOR DE LAS CLOACAS
En este concepto imaginé que el interior de las cloacas podría ser oscuro y húmedo, con esqueletos de criaturas por el suelo. **EK**

NEWT EN LAS CLOACAS
En este concepto vemos lo que ocurriría cuando Newt pasara frente a unas criaturas que se activan con la luz, y que se despiertan con la luz de su varita y se estiran hacia él. **DB**

En este concepto, Grindelwald observa mientras sus acólitos trasladan ataúdes hasta el carruaje tirado por thestrales. Esta era una prolongación del set y estaba inspirada en la grandiosidad y el tamaño de la arquitectura de una calle real de París, el Bulevar Haussmann. Creé una maqueta en 3D, repitiendo elementos característicos de la arquitectura y después la pinté. La idea era que el bulevar continuaba casi hasta el infinito.

• ESCONDITE DE GRINDELWALD – EXTERIOR / EK •

1851

PIPA CALAVERA DE GRINDELWALD
Esta macabra versión de la cachimba fue diseñada para que Johnny Depp fumara en ella, al hacerlo, la calavera brillaría mágicamente. Nos pareció que lo más apropiado para un objeto así sería una calavera pintada. A J.K. Rowling le gustó este resultado, porque reflejaba lo que tenía en mente cuando concibió la idea original. **RB**

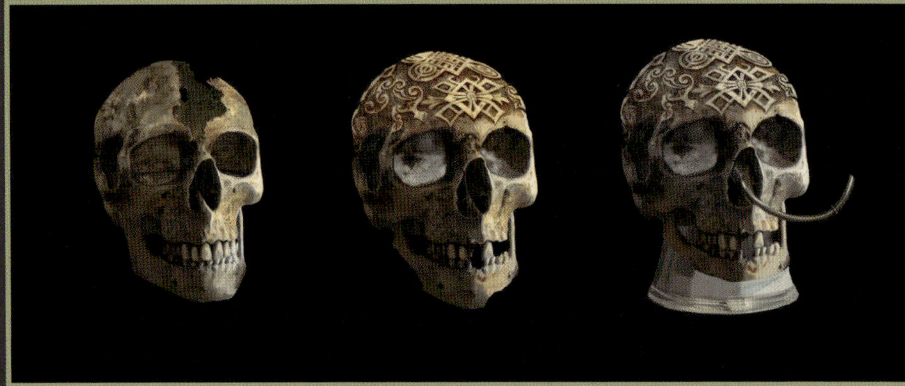

▲ **DISEÑOS DE LA CALAVERA / MS**

◀ **CONCEPTO DE LA CALAVERA**

El diseño de esta pieza fue por muchos caminos hasta dar con la forma definitiva. En un principio, yo quería explorar ideas que incorporasen cámaras de cristal, que contendrían agua y filtrarían el vapor de manera similar al de una cachimba de verdad. El departamento de decoración de sets encontró asombrosas referencias de la época, incluyendo el equipamiento de un anestesista, pero al final esa forma se descartó en favor de clavar la pipa en la parte trasera de la calavera. Kate Grimble y Pierre Bohanna encontraron referencias de cristal de Lalique que inspiraron los colores y las texturas en el desarrollo del objeto. **MS**

▼ **DISEÑOS DE LA CALAVERA**

Estaba explorando ideas sobre cómo podría situarse la calavera cuando no se usara. A Stuart se le ocurrió que hubiese una grieta en la coronilla de la calavera, lo que significaba que podría clavarse en un pedestal cuando no estuviese en uso, algo muy macabro. **MS**

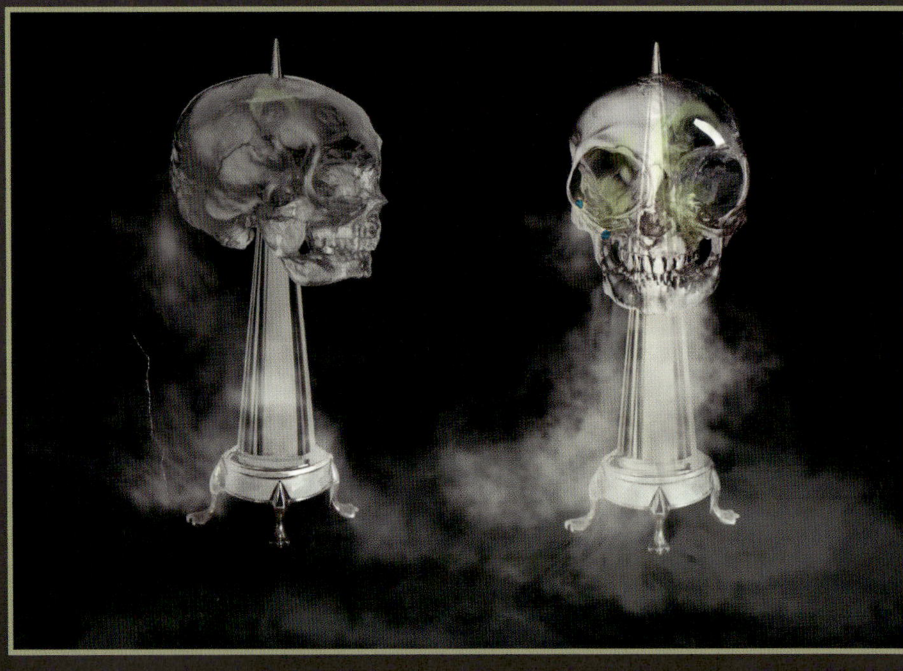

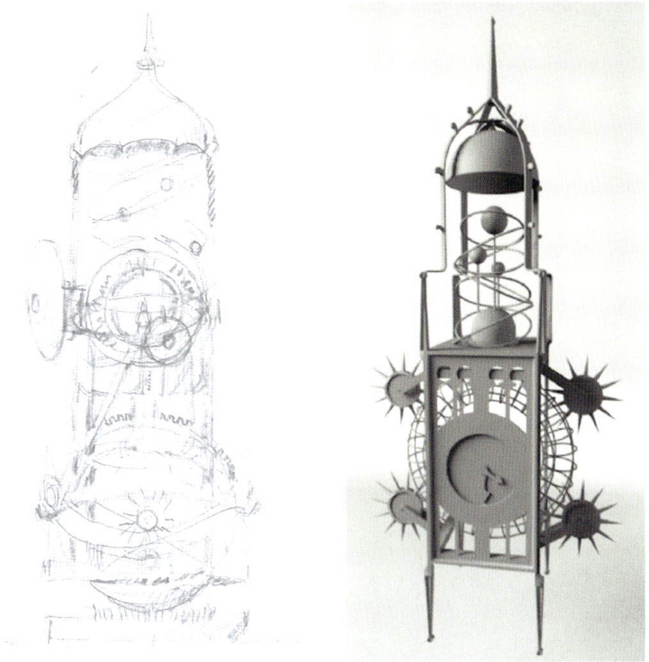

DISEÑO DEL RELOJ DE GRINDELWALD
El reloj de Grindelwald comenzó con una conversación entre Stuart y yo. Nos fijamos en los viejos relojes de Europa central, que con frecuencia estaban hechos de una plancha de hierro con decoración de latón u oro. Estéticamente muy simple, pero el hierro negro recordaba a las mazmorras, así que sugería que el movimiento no se produjese gracias a pesas, sino a una pequeña criatura atrapada dentro del mecanismo. Realicé un par de bocetos para explicar la idea. Una rueda tubular a modo de jaula con ruedas dentadas más pequeñas que encajaban en la rueda principal. Desde ahí surgieron otras ideas basadas en el péndulo, y detalles como el planetario móvil.

Para expresar mejor qué sería posible en un sentido práctico, le pedí a Connor Breen, diseñador de CAD del departamento de fabricación de atrezo, que mostrara estas ideas como animaciones, de las cuales puede verse aquí encima un fotograma. **PB/CB**

DISEÑO DE VESTUARIO PARA GELLERT GRINDELWALD
Para Colleen era muy importante capturar la actitud de este personaje. Quería que yo lo dibujara con una postura corporal severa y un público abstracto de fondo. **CC**

EL RELOJ DE GRINDELWALD
Conor Breen y Pierre proporcionaron una maqueta del reloj de Grindelwald con todas las partes móviles, yo me encargué de la estética y del pequeño ratón que no para de correr, un detalle horrible que reflejaba la naturaleza cruel de Grindelwald. Al final esto no llegó a aparecer en la película. **DP**

7

HOGWARTS

5

6

7

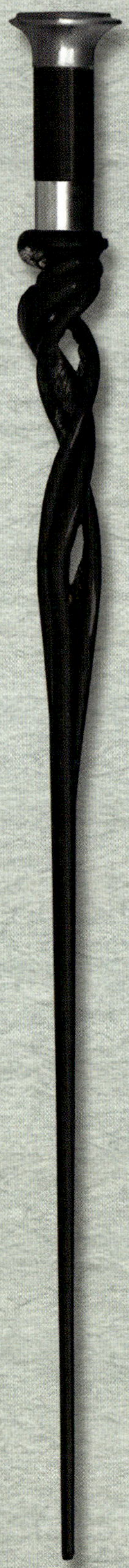

8

9

LAS VARITAS

Esta página muestra las relaciones y contrastes entre los diseños de las varitas, sobre todo entre Theseus y Newt, cuyas varitas son tan diferentes como la personalidad de los hermanos. Theseus es un auror de éxito, un conformista con un alto estatus social, así que su varita es afilada y sofisticada. Quise que la empuñadura pareciera hecha de nácar, un material que resultaría inapropiado para su naturalista hermano.

Por elegir una o dos más: el personaje de Bunty se describe como una mujer sencilla, loca por los animales y enamorada de Newt. Con frecuencia lleva vendas, por las lesiones provocadas dando de comer a los animales a los que tanto quiere. Tallada a mano, su varita posee una elegancia y belleza muy sutiles. La empuñadura en forma de piña simboliza su conexión con la naturaleza.

En su versión inicial, la varita de Dumbledore se parecía mucho a la varita de sauco, transmitiendo su naturaleza poderosa. La empuñadura, hecha de cuarzo de anfíbol ayudaba a combatir los efectos negativos de los duelos. Los cristales de anfíbol con frecuencia adquieren forma de alas, lo que es muy relevante para Dumbledore y la afinidad de su familia con el fénix. El tallo de madera es de ébano, lo que le confiere una apariencia y una reputación imponentes, además de ser perfecto para un maestro de la transfiguración y la magia combativa. Después se decidió que el diseño original era demasiado parecido a la varita de sauco en forma y en estilo, y se concibió esta versión con el tallo retorcido. La empuñadura es formal y elegante, mientras que el tallo, que se asemeja a su forma orgánica natural, es un guiño a la naturaleza inconformista de Dumbledore. **MS**

1. Newt; 2. Tina; 3. Queenie; 4. Spielman; 5. Bunty; 6. Theseus; 7. Dumbledore (primera); 8. Dumbledore (definitiva); 9. Flamel; 10. Skender; 11. Leta; 12. Lestrange; 13. Kama; 14. Grimmson; 15. Rosier; 16. Abernathy; 17. Kraft; 18. Krall; 19. Grindelwald (la varita de sauco)

1 2 3 4

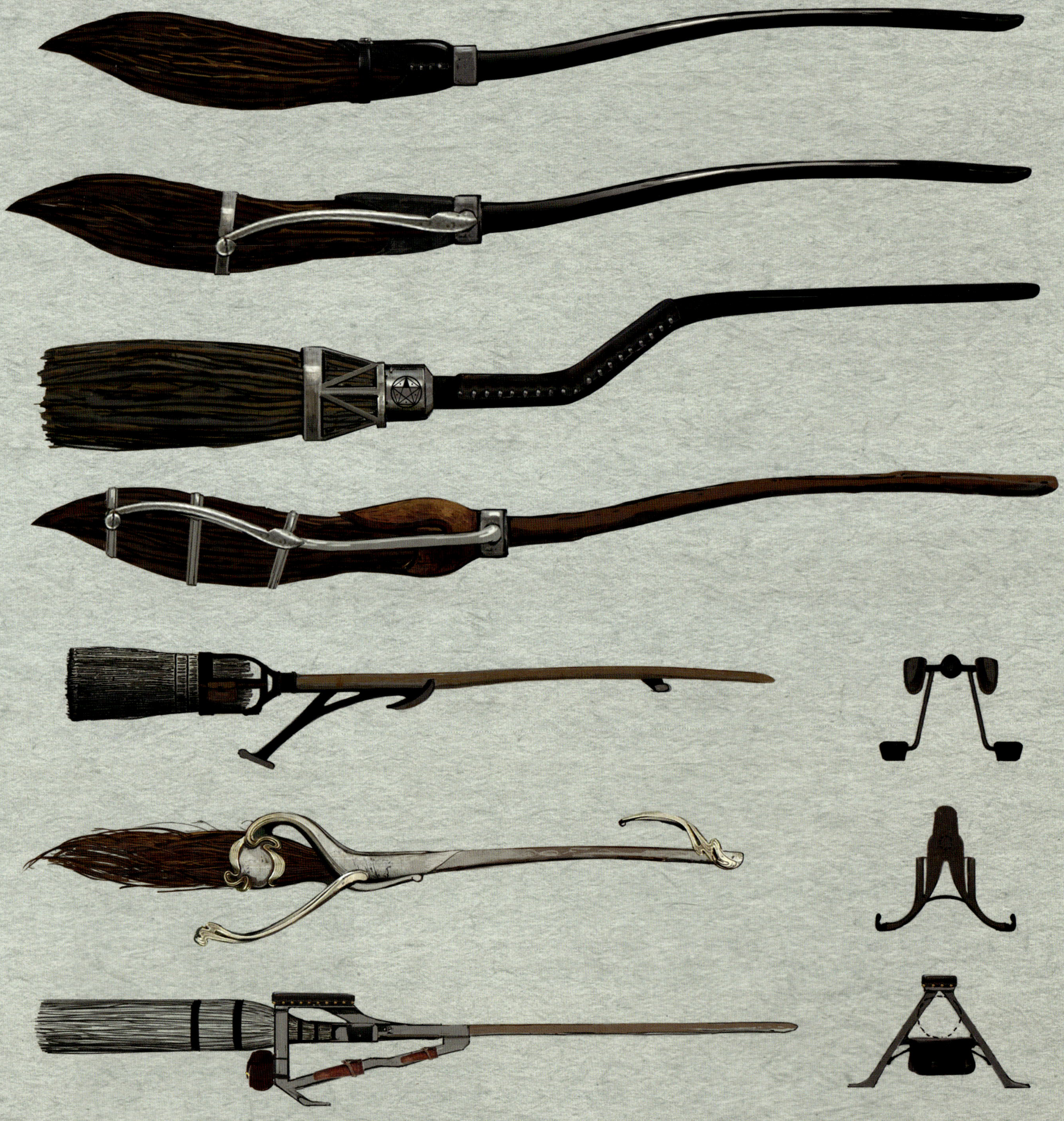

ESCOBA DE LOS AURORES
La escoba de los aurores se diseñó para parecer rápida y dinámica, aunque no tan sofisticada como una escoba de la serie original de Harry Potter. Se usaron materiales tradicionales (madera y cuero), pero la forma general era suave y curva, para respetar la elegante estética art nouveau de la época. **MS**

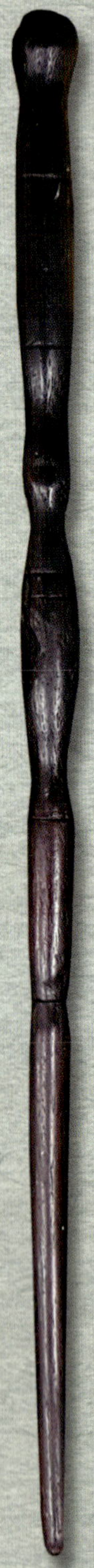

15

16

17

18

19

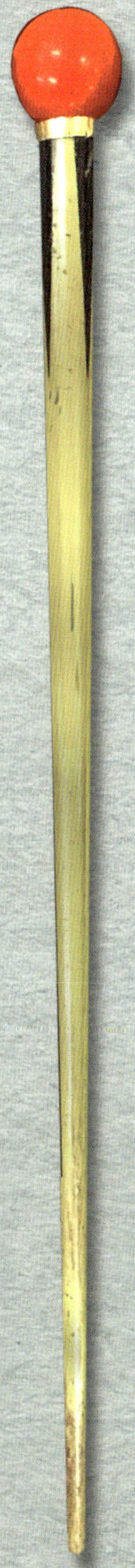

10

11

12

13

14

PASARELA DE HOGWARTS
Entrada a Hogwarts a través de la pasarela, mirando hacia la torre de Dumbledore y el patio interior situado frente al Gran comedor. Aparecen los agentes del Ministerio de la Magia para buscar a Dumbledore. La escena ya había sido planificada en la previsualización, pero necesitaba un par de ilustraciones para capturar el estado de ánimo y la atmósfera. Estas se hicieron añadiendo textura e iluminación a una maqueta de previsualización hecha por el equipo de VFX.
Siendo una de las localizaciones más icónicas y reconocibles del universo de Harry Potter, fue sin duda un desafío tratar de mostrarlo de un modo que no se había visto antes, sin que dejara de ser apropiado para la escena en particular. **KF**

ILUSTRACIÓN DEL EXTERIOR DE HOGWARTS / KF

VISTA AÉREA DE HOGWARTS / KF

ILUSTRACIÓN DE HOGWARTS / KF

TRANSFORMACIÓN DEL BOGGART
En esta secuencia de dibujos, quería mostrar la transformación del boggart de araña a Grindelwald: ¡para algunos magos y algunas brujas, son dos cosas igualmente aterradoras! **BK**

EL ARMARIO DEL BOGGART
Como la nueva película regresaría a la clase de Defensa contra Artes Oscuras, y a una lección en la que Dumbledore enseña a sus alumnos a enfrentarse a sus boggart, los realizadores utilizaron los planos y alzados de Michael Lamont –producidos para una de las películas de Harry Potter– para crear el memorable armario en el que está confinado el boggart. **MLa**

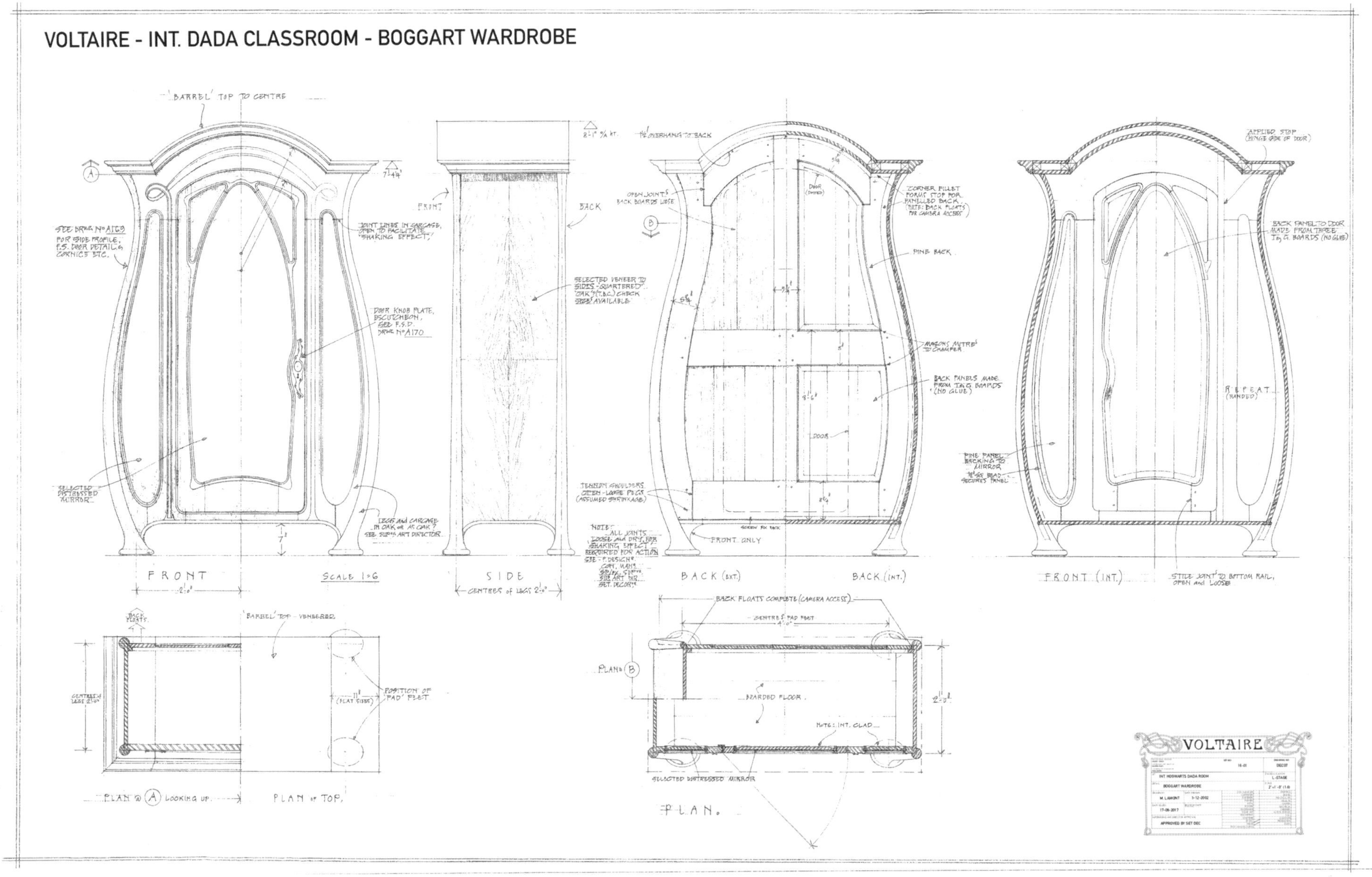

TRANSFORMACIÓN DEL BOGGART
Esta es una serie de dibujos que describe cómo el boggart podría cambiar de forma. Quería que el proceso de cambio en cada uno fuese muy físico y anárquico, para transmitir la naturaleza aterradora del boggart. **BK**

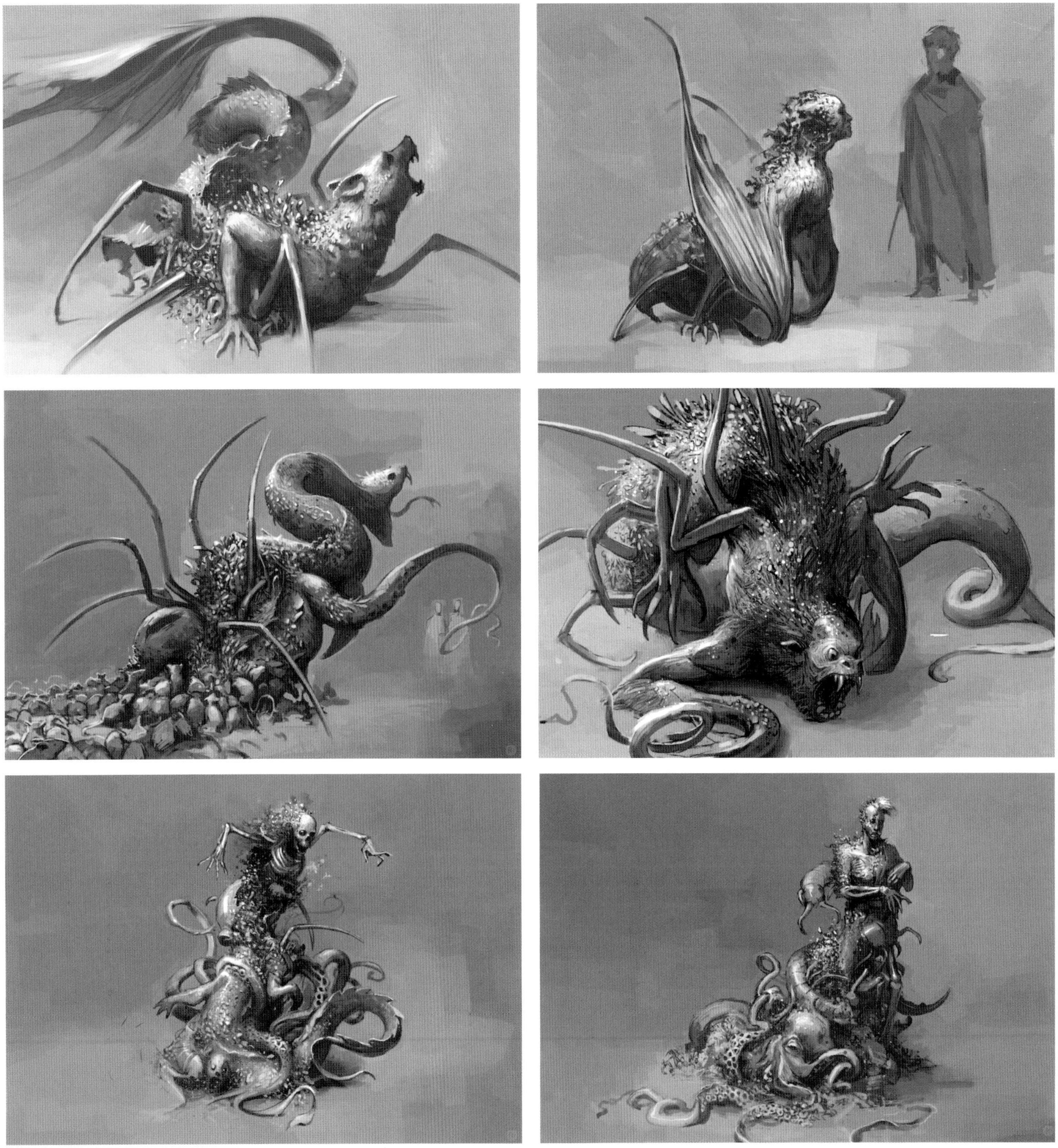

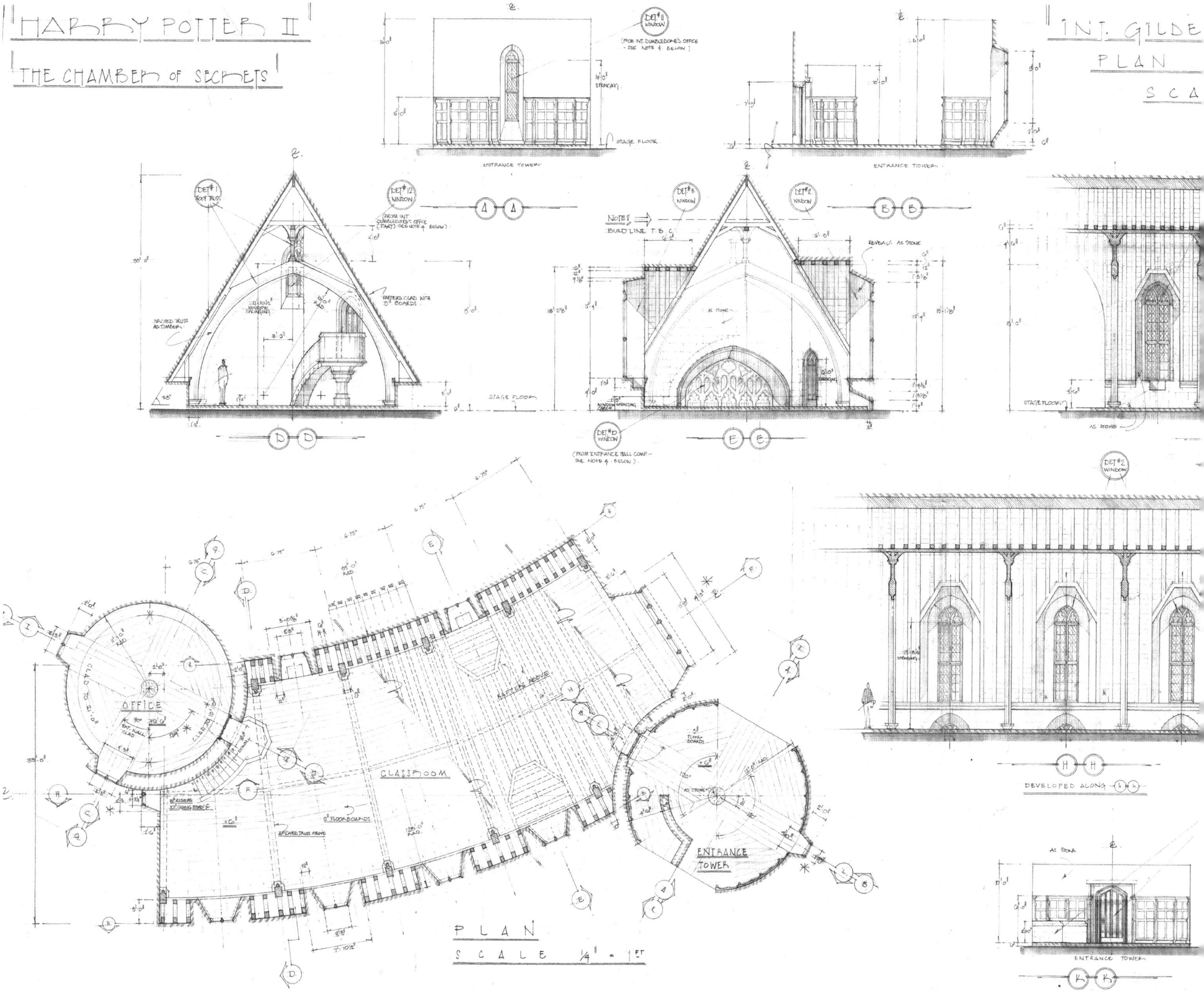

PLANO DE LA CÁMARA DE LOS SECRETOS / ABu

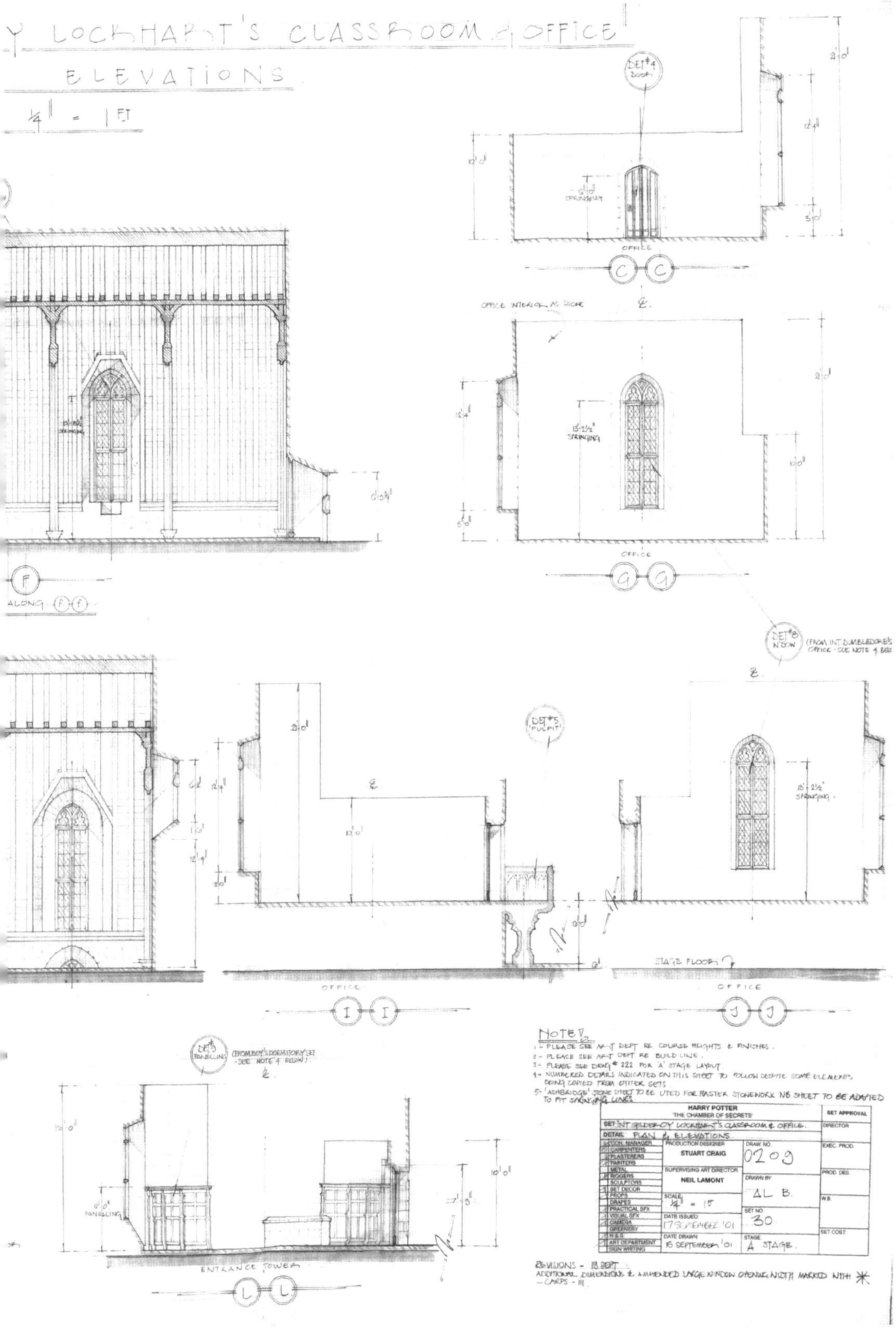

PLANO DEL INTERIOR DE LA CLASE DE GILDEROY / ABu

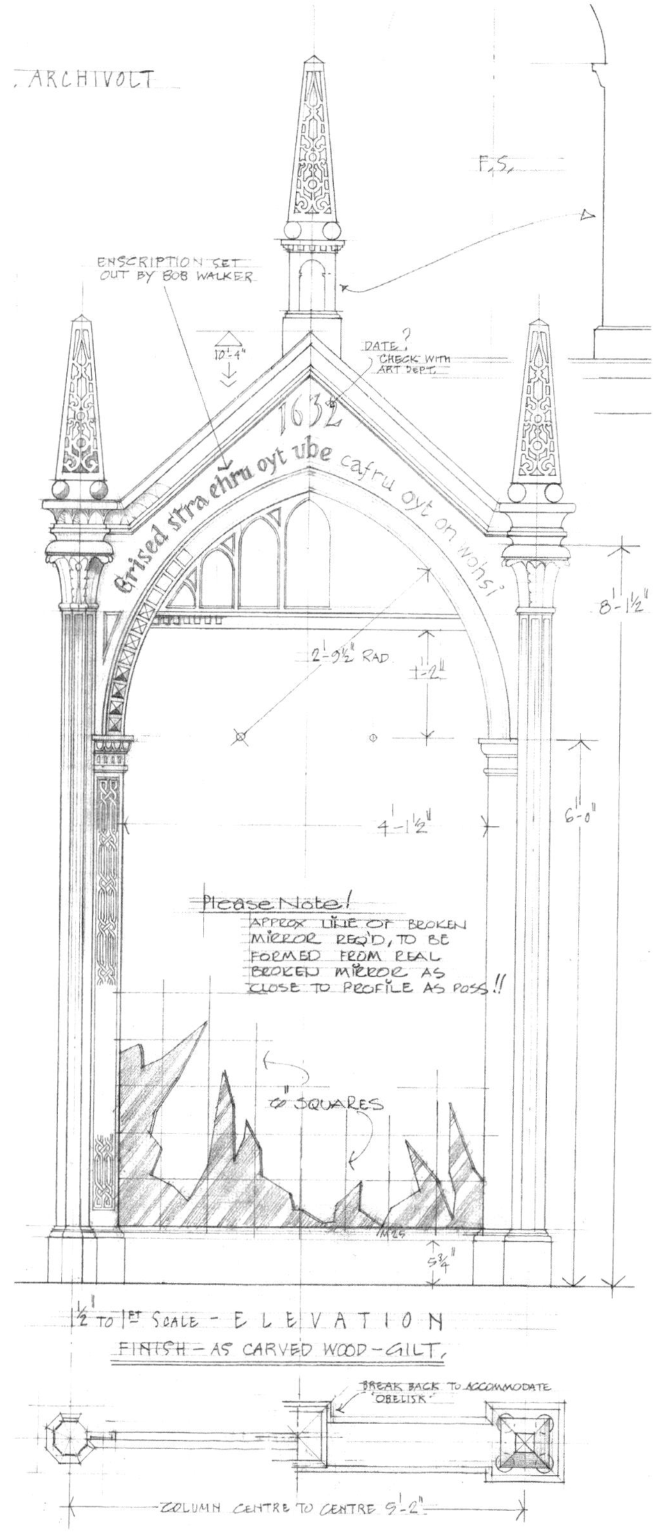

ALZADO DE LA ARQUIVOLTA / MLa

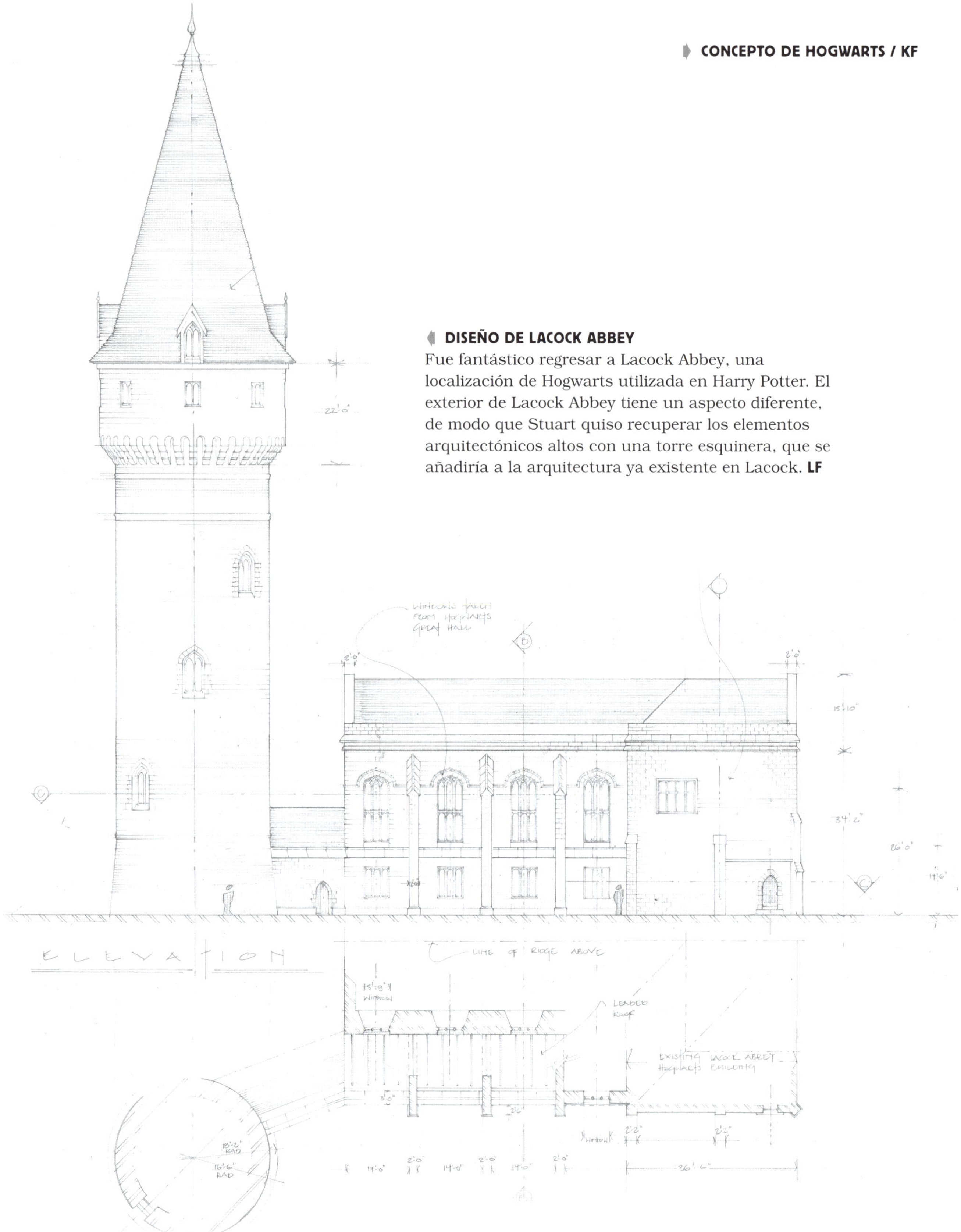

DISEÑO DE LACOCK ABBEY
Fue fantástico regresar a Lacock Abbey, una localización de Hogwarts utilizada en Harry Potter. El exterior de Lacock Abbey tiene un aspecto diferente, de modo que Stuart quiso recuperar los elementos arquitectónicos altos con una torre esquinera, que se añadiría a la arquitectura ya existente en Lacock. **LF**

D'AMBROISE

8

EL MINISTERIO DE ASUNTOS MÁGICOS DE FRANCIA

ENTRADA DEL MINISTERIO DE ASUNTOS MÁGICOS DE FRANCIA
Siguiendo la línea de la extraña cabina telefónica que sirve de entrada al Ministerio Británico de la Magia, se nos ocurrió que al Ministerio Francés se accediera a través de una fuente; al acercarse, las raíces de los árboles circundantes formarían el armazón de un ascensor. Mi dibujo muestra a Newt, Tina, Queenie y Jacob a punto de descender. **PP**

EL ASCENSOR MÁGICO
El ascensor de raíces de árbol casi completo antes de descender. **DP**

EL ASCENSOR MÁGICO
La versión completa llega al Ministerio, estaba inspirado en un elevador de vapor de estilo art nouveau de la época. **DP**

CONCEPTO INICIAL DE LA CÚPULA CELESTIAL
Aquí, dos magos estudian el "globo de ubicación" que flota en la cúpula celestial del Ministerio. Este concepto inicial utilizaba horóscopos existentes del siglo XVII como referencia para probar la idea. **DP**

PASILLO DEL MINISTERIO
Cuando en un guion aparece un pasillo, casi todas las películas acaban con lo que todos imaginamos que debería ser un pasillo: paredes rectas y puertas iluminadas por apliques de luz. Este diseño es lo que sucede cuando Stuart Craig diseña un pasillo: formas preciosas, poco corrientes, pero creíbles, creadas mediante la intersección de grandes elementos arquitectónicos. **DP**

COLUMNA DE CARTELES DEL MINISTERIO
En este diseño, coloqué un clásico tablón de anuncios parisino en el pasillo del Ministerio, la idea era que todos los anuncios se hubieran transformados en carteles de "se busca" con la imagen de Newt. **DP**

LA CÚPULA CELESTIAL DEL MINISTERIO
El Ministerio Francés existe en un lugar que no está definido con mucha claridad. Los personajes "bajan" en un ascensor, pero no parece que nos encontremos bajo tierra. Ideé una carta astral con las criaturas del universo de Animales fantásticos y Harry Potter, todas ellas con el estilo de los grabados en madera del siglo XVI. Las ilustraciones se hicieron utilizando maquetas en 3D creadas por el director artístico del Ministerio Sam Leake. **DP**

LETRERO DEL MINISTERIO
El departamento de diseño gráfico realizó tablas colgantes intercambiables para que un solo letrero esculpido sirviera para múltiples escenas. **JR**

BALAI
Balai
HÆMISPHÆ
SPHÆRUM
RIUM STEL

Le Veaudelune
L'ERUPTIF
Le Niffleur
SPHÆRUM
RIUM STEL

PLANOS DEL DECORADO DE LAS OFICINAS DEL MINISTERIO
Las oficinas de cerámica acristalada recuerdan, y están inspiradas, en algunos de los cafés parisinos de la época. Desde dentro, la cuarta pared se crea con el acristalamiento curvo de los túneles entrelazados. La planta parece flotar cuando el cristal baja frente a ella. Quería usar la pared de cristal y el techo abierto para que el espacio fuese claro, pero crear estancias divididas alejadas del bullicio del Ministerio Británico. **SL**

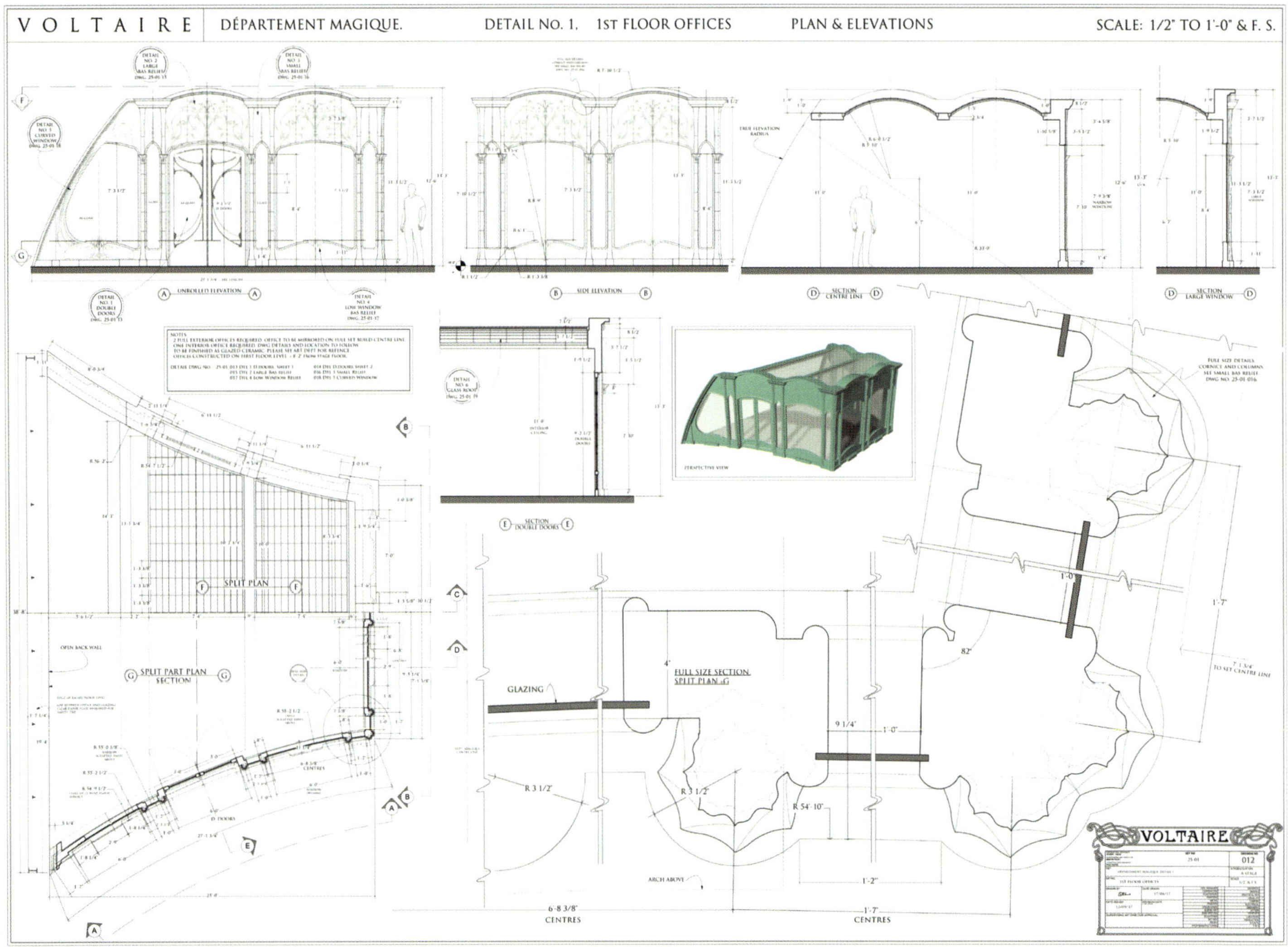

BOCETO DE LA BARANDILLA / SC

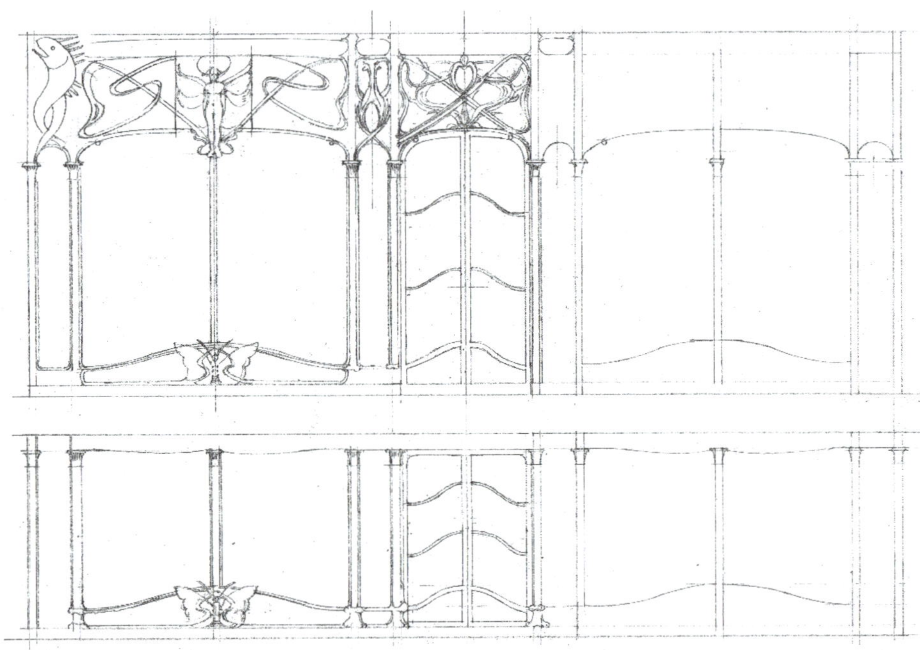

DISEÑO DE LA BARANDILLA
La barandilla circular completa consiste en sesenta y cuatro paneles individuales. Mi intención era que los detalles fuesen lo más delicado posible, pero que al mismo tiempo fuesen esenciales para la estructura de la planta curva. **SL**

BOCETO DE DETALLE DEL CRISTAL
Desarrollé este diseño con Stuart, inspirándome en los azulejos de cerámica vidriada y en muebles de madera tallados. Las flores del centro también se ven en las enormes puertas de entrada a la Sala de Registros. **SL**

CONCEPTO DE OFICINA DEL MINISTERIO
Dando algo de color, luz y atmósfera a la oficina del Ministerio Francés. Siempre ilumino las ilustraciones con una fuente de luz muy fuerte: se crearon sombras muy interesantes con la cúpula celestial dando vueltas por encima. **DP**

MAQUETA DE DETALLE DEL CRISTAL / DH

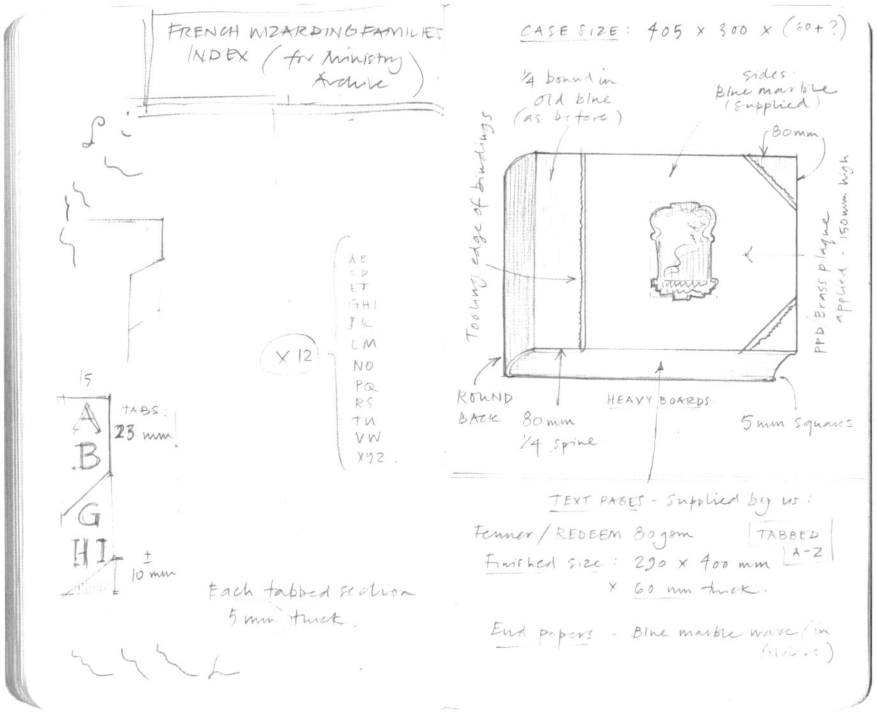

TECHO DE LA CÚPULA CELESTIAL

Este mapa astronómico está basado en unos mapas muy populares en el siglo XVIII, pero está realizado al estilo de un grabado en madera, inspirado por la obra, muy anterior, de Alberto Durero. Fue una de las piezas de arte más difíciles que he creado jamás, y habría sido imposible sin que nuestro productor Tim Lewis me concediera el tiempo y los recursos necesarios para hacerlo bien. **DP**

DISEÑO INICIAL DE UN LIBRO DE CONTABILIDAD DEL MINISTERIO / ML

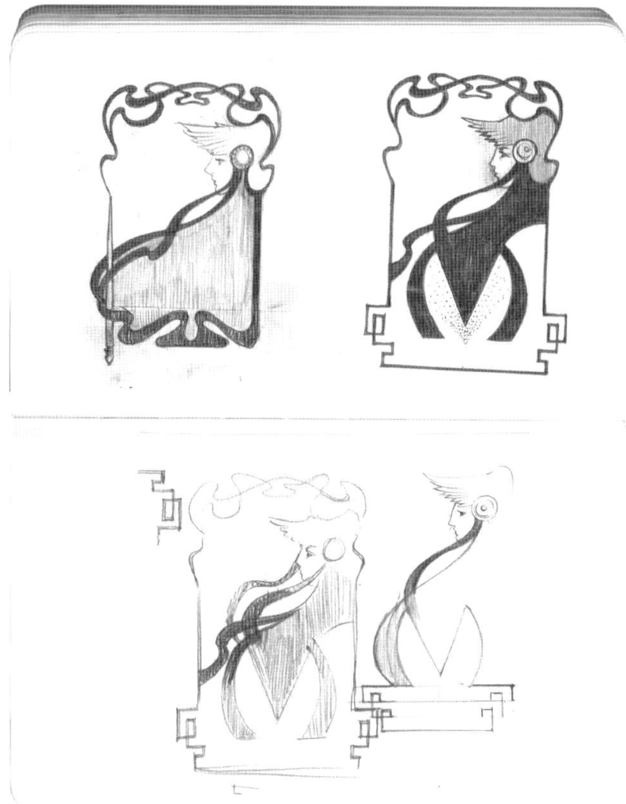

PRIMEROS DISEÑOS DEL EMBLEMA DEL MINISTERIO

La arquitectura Art Nouveu que Stuart Craig empleó para el Ministerio de Asuntos Mágicos de Francia nos ayudó a transmitir su identidad a través del diseño del logo.

Como con el emblema del MACUSA, tomamos referencias del mundo "real" para que los espectadores pudieran identificarse con una autenticidad con la que se sienten familiarizados.

Marianne es el símbolo nacional de Francia, simboliza el triunfo de la República Francesa. Queríamos capturar esa misma esencia de importancia y autoridad que se ve en la iconografía nacional francesa, pero trasladada al lenguaje de nuestro mundo mágico. También nos basamos en la bandera tricolor y en el año de la fundación para transmitir su importancia histórica. El lema nacional *"Liberté, Égalité, Fraternité"* fue sustituido por su equivalente mágico: *"Incante, Envoute, Conjure"*. **ML**

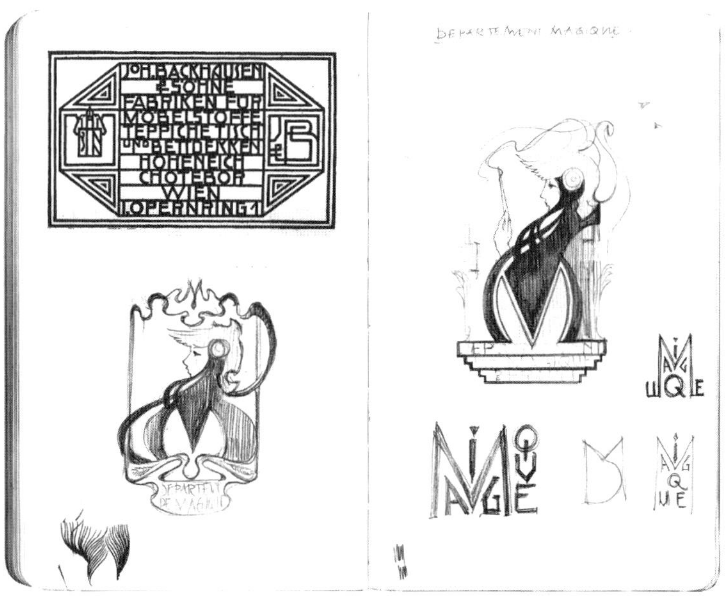

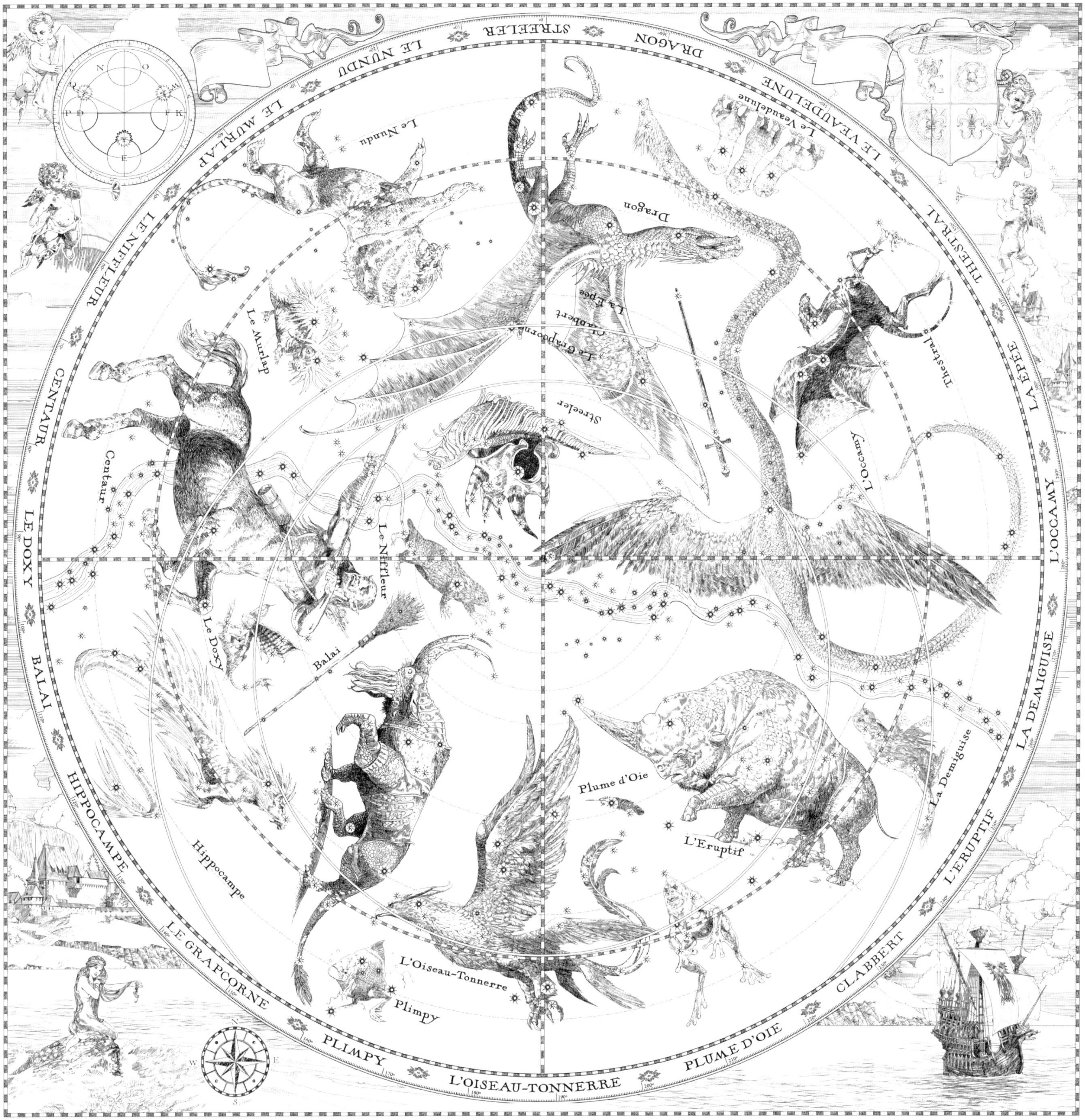

LE NUNDU
STREELER
DRAGON
LE VEAUDELUNE
THESTRAL
LA ÉPÉE
L'OCCAMY
LA DEMIGUISE
L'ERUPTIF
CLABBERT
PLUME D'OIE
L'OISEAU-TONNERRE
PLIMPY
LE GRAPCORNE
HIPPOCAMPE
BALAI
LE DOXY
CENTAUR
LE NIFFLEUR
LE MURLAP
Le Nundu
Le Veaudelune
Dragon
La Épée
Clabbert
Le Grapcorne
Streeler
Thestral
L'Occamy
Le Murlap
Centaur
Le Niffleur
Le Doxy
Balai
Plume d'Oie
La Demiguise
L'Eruptif
Hippocampe
L'Oiseau-Tonnerre
Plimpy

SECRETARÍA DEL MINISTERIO
En contraste con el Ministerio de la Magia de Londres y el MACUSA de Nueva York, ambos situados bajo tierra, el Ministerio Francés es amplio lateralmente. Puede verse a la gente en habitaciones lejanas, resulta inusual para un interior. **DP**

SECRETARÍA DEL MINISTERIO
La belleza del decorado del Ministerio Francés es que parece fantástico casi desde cualquier ángulo, en especial con un poco de atmósfera añadida con Photoshop para sugerir distancia e inmensidad. **DP**

EL GLOBO DE UBICACIÓN
Pierre Bohanna fue el artífice del concepto para el globo de ubicación. Sería una herramienta mecánica de localización, pero con un poco de magia añadida. Los brazos se extenderían para tocar la esfera de cristal en un punto del mapa mundial donde se estuviera produciendo actividad mágica. **DP**

EL GLOBO DE UBICACIÓN
El globo de ubicación fue muy difícil de lograr porque hay muchos elementos y texturas en juego. El cristal reflectante, pero transparente, los detalles animados de latón, el mapa brillante de "sucesos mágicos", todo flotando en medio de una cúpula de cristal cubierta de ilustraciones complejas. Y aun así queda bien porque el concepto original de Stuart y el diseño realizado por Sam en 3D poseen una forma sencilla, fuerte y hermosa. Toda la complejidad se convierte en una pátina. **DP**

BOCETO DE MARIANNE
Muy al inicio del proceso, en una conversación con J.K. Rowling, habló de la aparición de un tema de pájaros en la historia. Descubrí que en muchas medallas de los años veinte aparecía Marianne, símbolo nacional de la República Francesa, ataviada con un casco adornado con un gallo. Se trataba del gallo Galo, emblema de Francia. Combinando ambos temas, me puse a crear mi propia versión de estos cascos. **JM**

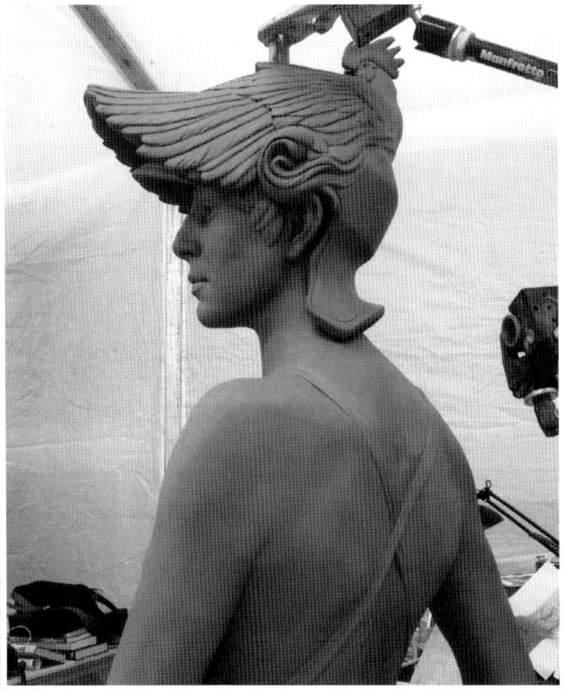

MAQUETA DE MARIANNE HECHA CON ARCILLA
En esta maqueta de arcilla, Marianne aparece como diosa guerrera de la libertad. Su postura es fuerte y su expresión decidida y heroica. Siguiendo mi boceto, lleva puesto un casco adornado con el gallo Galo. El primer plano muestra que las alas del gallo están dibujadas hacia delante para crear un pico. **JM**

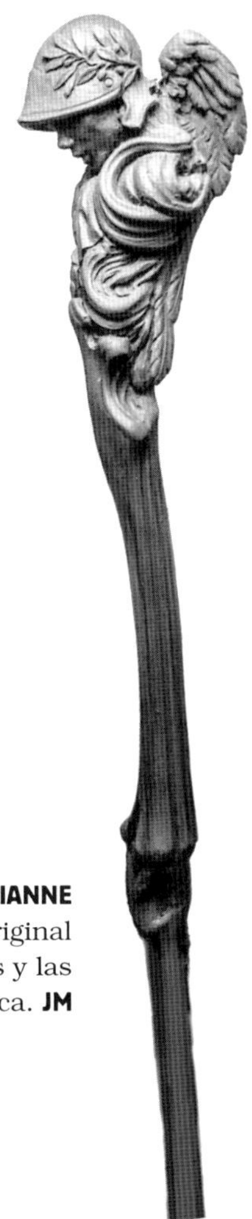

LA VARITA DE MARIANNE
Esta varita se inspiró en una idea original de Stuart, además de las medallas y las artes decorativas de la época. **JM**

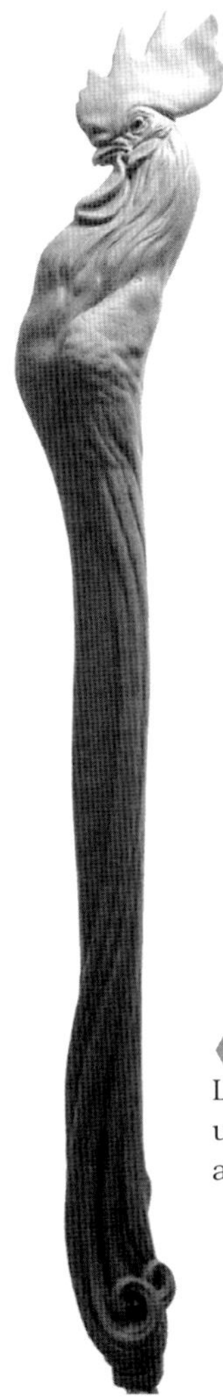

LA VARITA DEL GALLO GALO
La varita del gallo Galo es el elemento común que une las cuatro figuras de Marianne colocadas alrededor de la galería del Ministerio Francés. **JM**

MAQUETA DE MARIANNE
Stuart Craig se sentía muy atraído por los cuadros y trabajos de los artistas que más representaron el estilo art nouveau. Mi primera figura fue un intento de expresar esa idea. Su traje tiene mucho vuelo y es ligero, creando las clásicas líneas y el movimiento nouveau. Posee un aire bohemia, con el pelo recogido como en la época, adornado con una corona de laurel, símbolo de libertad y de Marianne. **JM**

FIGURA DE MARIANNE
La escultura fue escaneada en 3D y aquí se ve desde diferentes puntos. **JM**

BRONCE DE MARIANNE
Hablando sobre las figuras para el decorado del Ministerio Francés, Stuart Craig las imaginó como diferentes manifestaciones de Marianne, la personificación de la libertad. La figura que se muestra aquí es su representación en bronce, de unos cuatro metros de altura. **JM**

ESCULTURA DE MARIANNE
En esta figura final, es más hechicera que heroína. Va vestida con una túnica corta y pantalones de harén, al estilo gitano que estaba de moda a comienzos del siglo pasado. Su traje recuerda al exotismo de las colonias francesas del norte de África. A los ojos europeos de la época, esto habría resultado misterioso y emocionante. **JM**

FIGURA DE MARIANNE EN ARCILLA
El proceso de vestir la figura de arcilla con tejidos de verdad me permite modelar los pliegues de modo que realcen la postura y la forma de la figura. Después miro las fotografías de referencias, quito el tejido y recreo una versión más concisa en arcilla. **JM**

MAQUETA DE MARIANNE
En esta versión, Marianne representa a la gente corriente de la República. Va vestida de manera sencilla, envuelta en una única pieza de tejido y un pañuelo de campesina para la cabeza. Tiene una postura decidida y dinámica, enfatizada por el entrecruzado de los pliegues de la tela. Se encuentra justo en el momento previo a utilizar su varita. Las estatuas de Marianne acabarían adornando la pasarela elevada de la cúpula celestial del Ministerio Francés. **JM**

LAS ESTANTERÍAS DE LA SALA DE REGISTROS
El ángulo extremo en este dibujo exagera el tamaño, convirtiendo la Sala de Registros en una ciudad de documentos. **DP**

LA SALA DE REGISTROS
En esta imagen vemos a una bruja observando mientras las estanterías de la Sala de Registros se recolocan solas. **DP**

LAS LIBRERÍAS DE LA SALA DE REGISTROS
Esta primera versión de las librerías de la Sala de Registros se inspira en los intentos hacia finales de la época del art nouveau de crear formas de diseño que pudieran manufacturarse. La colección de librerías iba a ser como una especie de bosque de árboles. Este diseño toma un árbol central entrelazado sobre un marco enrejado. El diseño final había de tener en cuenta cómo podrían moverse las librerías e interactuar entre ellas, además de encajar con las secuencias de acción del guion. **SL**

PUERTA DE LA SALA DE REGISTROS
El diseño escultural de la puerta de entrada a la Sala de Registros se desarrolló a partir de la idea de un único árbol central. Busqué inspiración en los marcos ovalados de espejos del nouveau. El emblema ministerial se ve arriba en el centro. **SL**

ENTREPLANTA DE LA SALA DE REGISTROS
La idea aquí era que, cuando un mago solicitara una caja de registros, las estanterías se moverían para colocarse en posición. **DP**

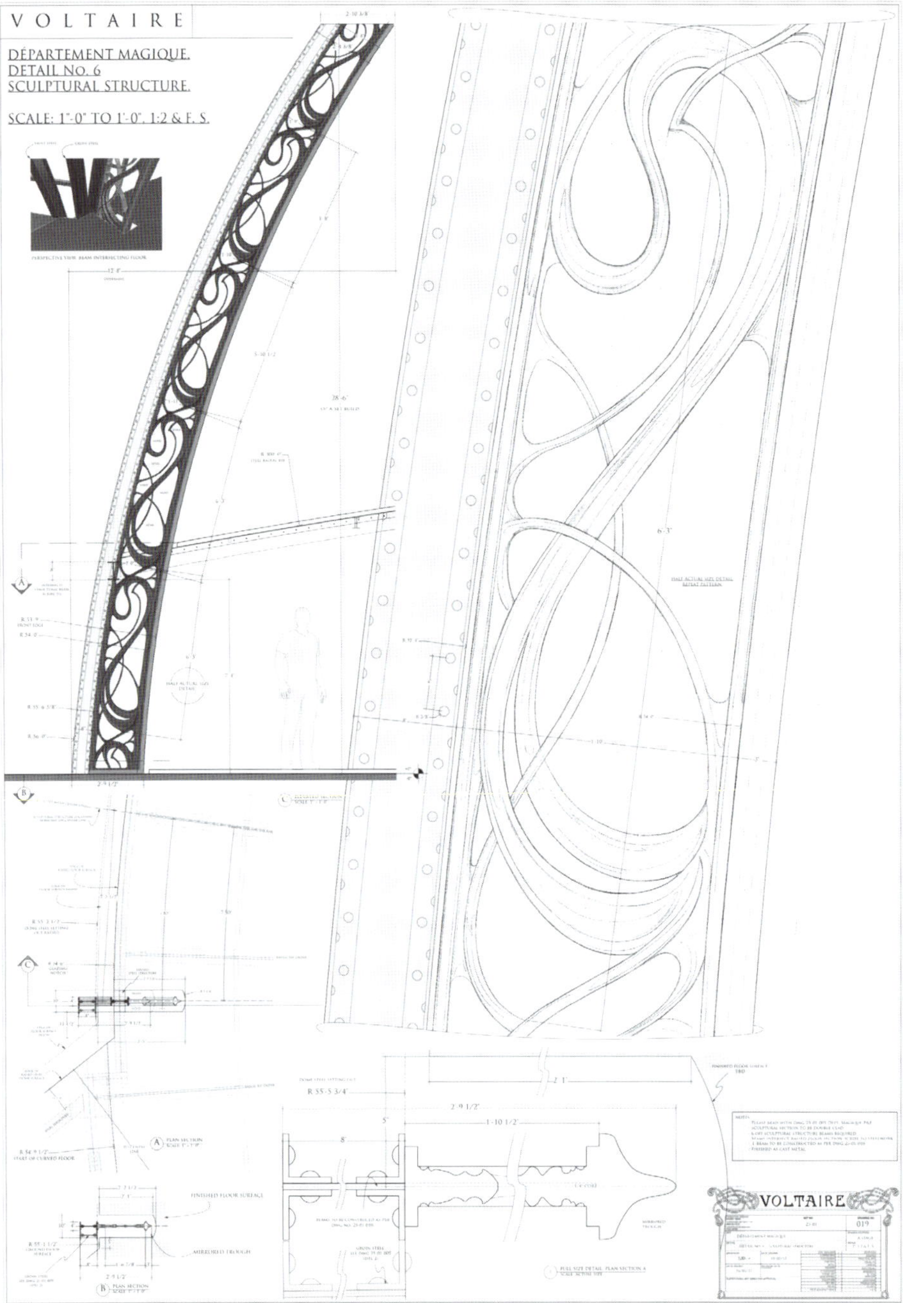

ESTRUCTURA ESCULTURAL DEL MINISTERIO
Estas vigas de hierro fundido perforan la planta curva a medida que el diseño se desplaza hacia lo alto del techo de la cúpula de cristal. Cada sección se esculpió de manera individual antes de montarse y fijarse al núcleo estructural. El efecto final de la pintura les otorga el aspecto de un objeto de hierro fundido, aunque son relativamente ligeras. **SL**

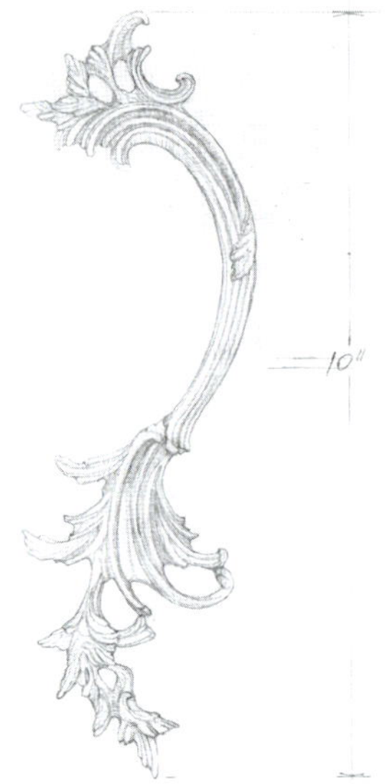

BOCETO DE LOS PIES DE UNA CAJA DE REGISTROS / KG

LA SALA DE REGISTROS
En este concepto, imaginé que los veteranos carteros se cruzarían como barcos en la noche en un ala olvidada y polvorienta del Ministerio Francés. Uno recoge y el otro entrega. **DP**

CAJA DE REGISTROS
En este concepto, imaginé que el endeble carrito transportaría las cajas de archivos de diferentes formas y tamaños, pero al final se decidió que las cajas serían todas iguales. **DP**

CAJA DE REGISTROS
Este es el diseño final de las cajas de archivos para la Sala de Registros del Ministerio Francés. **KG**

CAJA DE REGISTROS DE LA FAMILIA LESTRANGE

Queríamos que el exterior de la caja de los Lestrange fuera muy valioso y muy antiguo. El diseño evolucionó a partir de una caja de hierro o madera, con antiguos cierres y candados de hierro, hasta convertirse en una caja muy decorada hecha de paneles de madera, con delicadas placas de latón perforado en la parte delantera y seda verde en la parte de atrás. La idea es que el alambre metálico que mantiene cerrada la caja se desplegaría como serpientes cuando Leta coloca la mano sobre la caja. **HS**

CAJA DE REGISTROS DE LA FAMILIA LESTRANGE

Esta es la imagen final basada en el dibujo de Hattie Storey. El pan de oro envejecido nos pareció apropiado para reflejar el esplendor perdido de esta noble dinastía. **DP**

MAQUETA DEL ÁRBOL GENEALÓGICO DE LA FAMILIA LESTRANGE / AD

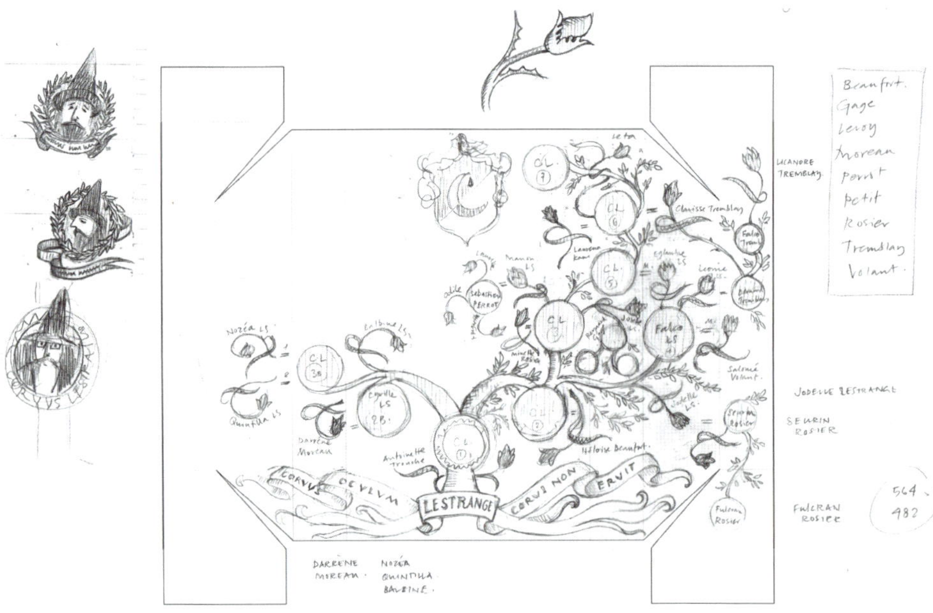

BOCETO DEL ÁRBOL GENEALÓGICO DE LA FAMILIA LESTRANGE / ML

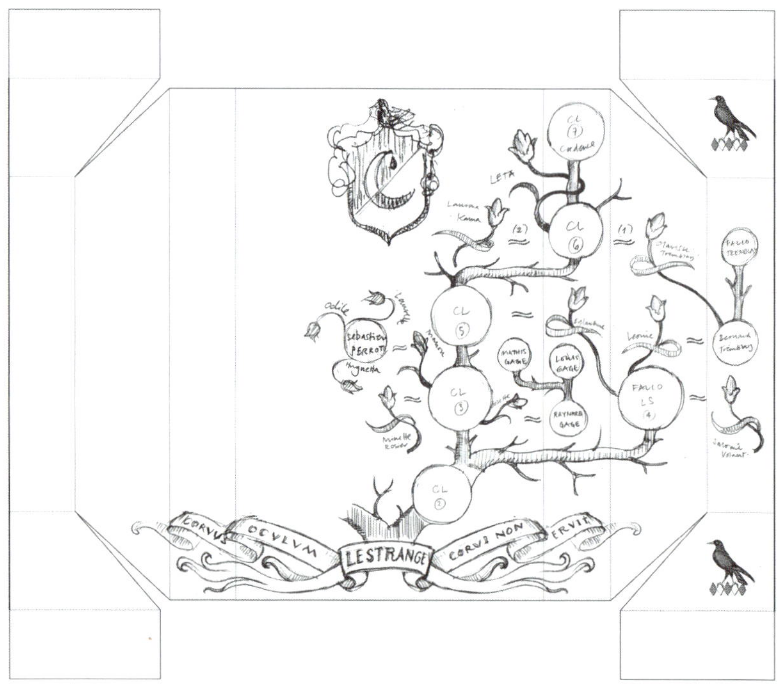

BOCETO DEL ÁRBOL GENEALÓGICO DE LA FAMILIA LESTRANGE / ML/ ML

ÁRBOL GENEALÓGICO DE LA FAMILIA LESTRANGE / ML

EL MATAGOT
En esta imagen muestro al matagot, uno de los espíritus felinos que protegen el Ministerio Francés en su forma menos agresiva. **DB**

MATAGOT DE PIE
Esta fue una versión que hice del matagot mucho más tarde. Aquí intentábamos que la criatura quedara bien cuando se erguía sobre sus patas traseras. **DB**

DISEÑO INICIAL DEL MATAGOT
Me gustaba la idea de que estas criaturas humanoides fueran tan feroces que pudieran atacar con un trozo de cristal. **DB**

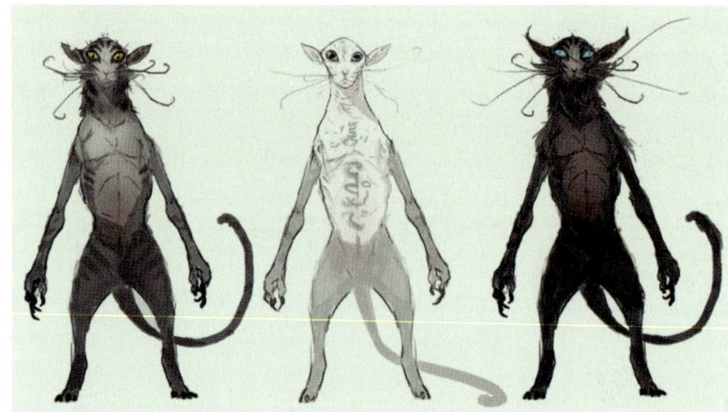

VARIACIONES DE COLOR DEL MATAGOT / DB

DISEÑO INICIAL DE UN PRIMER PLANO DEL MATAGOT / DB

DISEÑO INICIAL DEL MATAGOT
Este concepto inicial muestra una versión mucho más musculosa del matagot. **DB**

DISEÑO INICIAL DEL MATAGOT ERGUIDO / DB

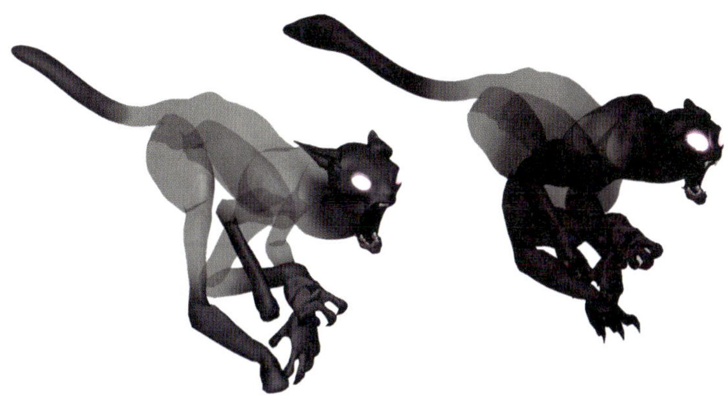

DISEÑO INICIAL DEL MATAGOT
Esta imagen pretendía mostrar cómo serían los matagots en acción en su forma más etérea. **DB**

MOVIMIENTO DEL MATAGOT / EQUIPO DE VFX

MOVIMIENTO DEL MATAGOT
Esta ilustración se hizo para mostrar cómo pasaría el matagot de la posición erguida a la de un gato normal. **DB**

EL MATAGOT

Trabajar en los matagots fue muy divertido. Estas criaturas son una especie de gatos fantasma de color negro, en parte espectrales, con extremidades sólidas. El diseño tenía que dar miedo y ser un poco agresivo. Comenzamos con una maqueta en 3D e intentamos hacer que cada ángulo fuera visualmente interesante. Los ojos grandes y las patas largas y esqueléticas contribuyeron a que el diseño diera más miedo. Desarrollar la naturaleza espectral de la criatura fue un desafío. Cuando aprobaron la maqueta en 3D, procedimos con las diferentes opciones para explorar la cualidad más etérea. La transparencia y los ojos brillantes otorgaron al diseño un aspecto sobrenatural. Con la ilustración final queríamos capturar una postura dinámica que mostrara la fuerza y la energía en los brazos, el cuello y los hombros. La referencia de los guepardos corriendo fue de gran ayuda para captar la elegancia y el poder de las patas. **KB**

DISEÑO DEL ZOUWU
Este diseño para el zouwu es de cuando buscábamos alternativas para la crin de tentáculos. Aquí ha escapado y ha entrado en el Ministerio. **RB**

ZOUWU Y MATAGOTS
En este fotograma vemos al zouwu enfrentándose a los matagots. Intentaba darle un aire oriental al personaje del zouwu y me inspiré en las máscaras de los dragones chinos, además de una mezcla de anatomías de diferentes animales, como las patas del cuervo, las plumas y las escamas de los peces. Captar la mirada demente y enfadada de las máscaras también era muy importante. **SR**

ZOUWU Y MATAGOTS
David Yates pidió ver un fotograma de referencia del zouwu saltando para escapar de los matagots en el Ministerio. Yo jugaba con la idea de que el zouwu pudiera correr a toda velocidad para escapar. Se ve que además había desarrollado una enorme crin de tentáculos; me inspiré mucho en la vida marina. **SR**

9

EL ASCENSO DE GRINDELWALD

VISTA DEL MAUSOLEO DE LOS LESTRANGE
Cuando me documentaba en el cementerio Père Lachaise, me topé con un enorme mausoleo llamado "Tumba de Elizabeth Demidoff", también conocida como "Tumba Stroganoff", que ocupa un lugar elevado en el cementerio. En esta vista, me imaginé a Newt de pie en los escalones de esta tumba, contemplando el mausoleo de los Lestrange más abajo, con París al fondo. **EK**

CEMENTERIO PÈRE LACHAISE
Intentaba evitar el uso del azul para indicar la noche, la luna hace casi todo el trabajo. Esta imagen combina maquetas 3D de Jasmine Lean basadas en dibujos de Les Tomkins, un escaneado de la asombrosa escultura de Julian Murray, lápidas y mausoleos creados por Tim Dutton. ¡Una típica producción del departamento de arte! **DP**

CEMENTERIO PÈRE LACHAISE
En nuestra versión del cementerio Père Lachaise, tendríamos un puente que conectaba el círculo interior con el exterior. Mientras trabajaba en el diseño, utilicé como inspiración el Circle of Lebanon del cementerio Highgate. **EK**

EXTERIOR DEL CEMENTERIO PÈRE LACHAISE

Este fue uno de los entornos con los que más disfruté. La entrada al mausoleo de los Lestrange se construyó en la localización real del Circle of Lebanon, de inspiración egipcia, ubicado en el cementerio Highgate de Londres, con una extensión digital del decorado que recordaba el esplendor del Père Lachaise.

Para crear el entorno, construí una maqueta en 3D del Circle of Lebanon y añadí formas de tumbas del Père Lachaise con muchos escalones entre ellas. Las maquetas se basaban en viajes de campo, viejos mapas y fotografías, además de las imágenes de Google Earth, y formaron la base de esta serie de dibujos y bocetos. **EK**

ENTRADA AL MAUSOLEO DE LOS LESTRANGE / EK

MAQUETA DE LA ENTRADA AL MAUSOLEO DE LOS LESTRANGE / AD

PLANO DE LA ENTRADA AL MAUSOLEO DE LOS LESTRANGE
Este plano era de un conector que construimos frente a una entrada ya existente. (Un "conector" es una pieza de decorado que se construye en la localización para encajar con el resto, en este caso a modo de entrada utilizable frente a una vieja tumba). Se igualaron los detalles ya existentes con el añadido de verjas metálicas y el símbolo del cuervo en el frontón. **LT**

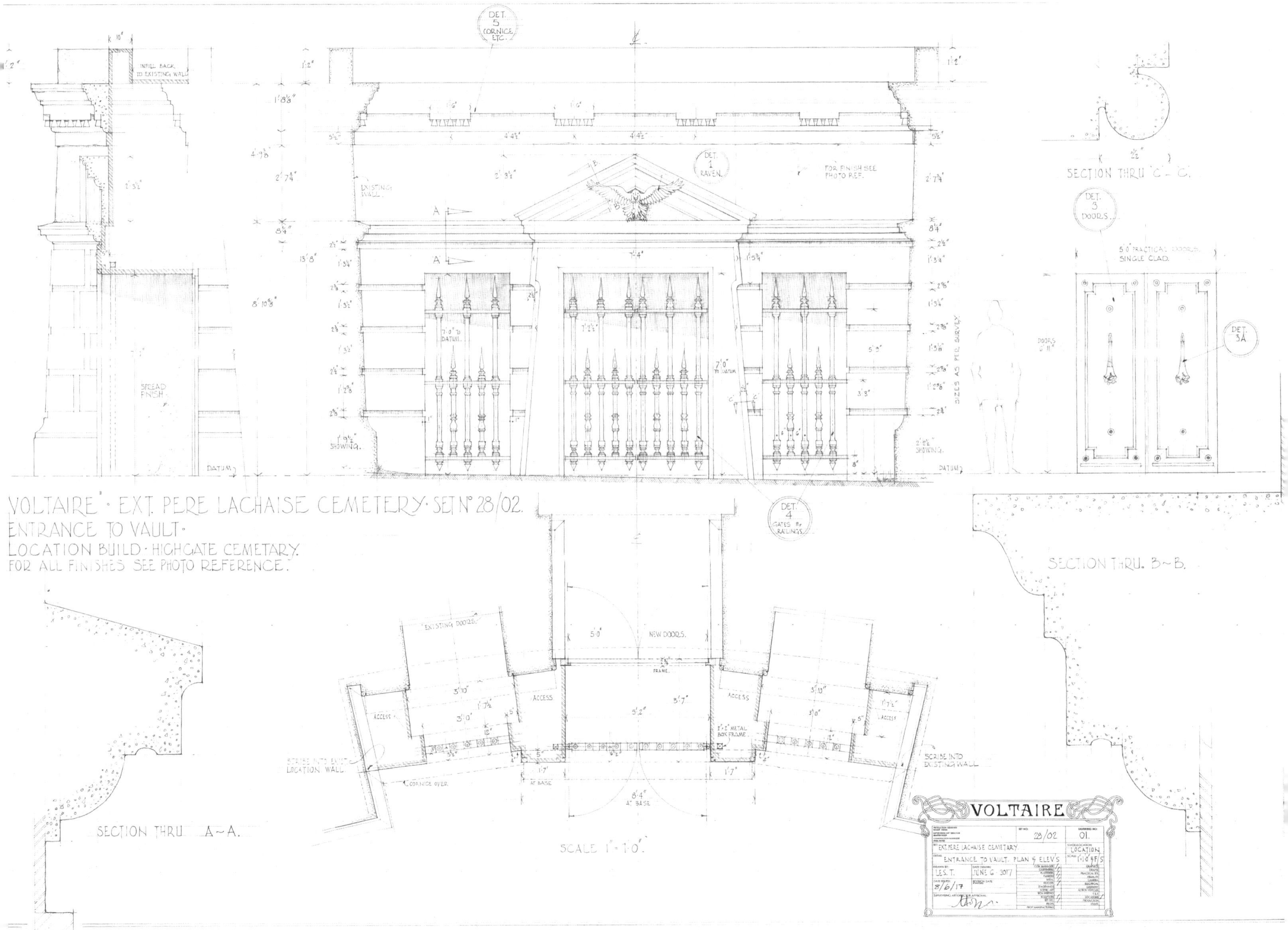
VOLTAIRE" · EXT. PERE LACHAISE CEMETERY · SET Nº 28/02.
ENTRANCE TO VAULT ·
LOCATION BUILD · HIGHGATE CEMETARY.
FOR ALL FINISHES SEE PHOTO REFERENCE.
SECTION THRU A~A.
SECTION THRU B~B.
SECTION THRU 'C'~'C'.
SCALE 1" = 1'0".
VOLTAIRE
EXT. PERE LACHAISE CEMETARY
ENTRANCE TO VAULT. PLAN & ELEV'S
28/02
01.
LES.T.
JUNE 6 2017

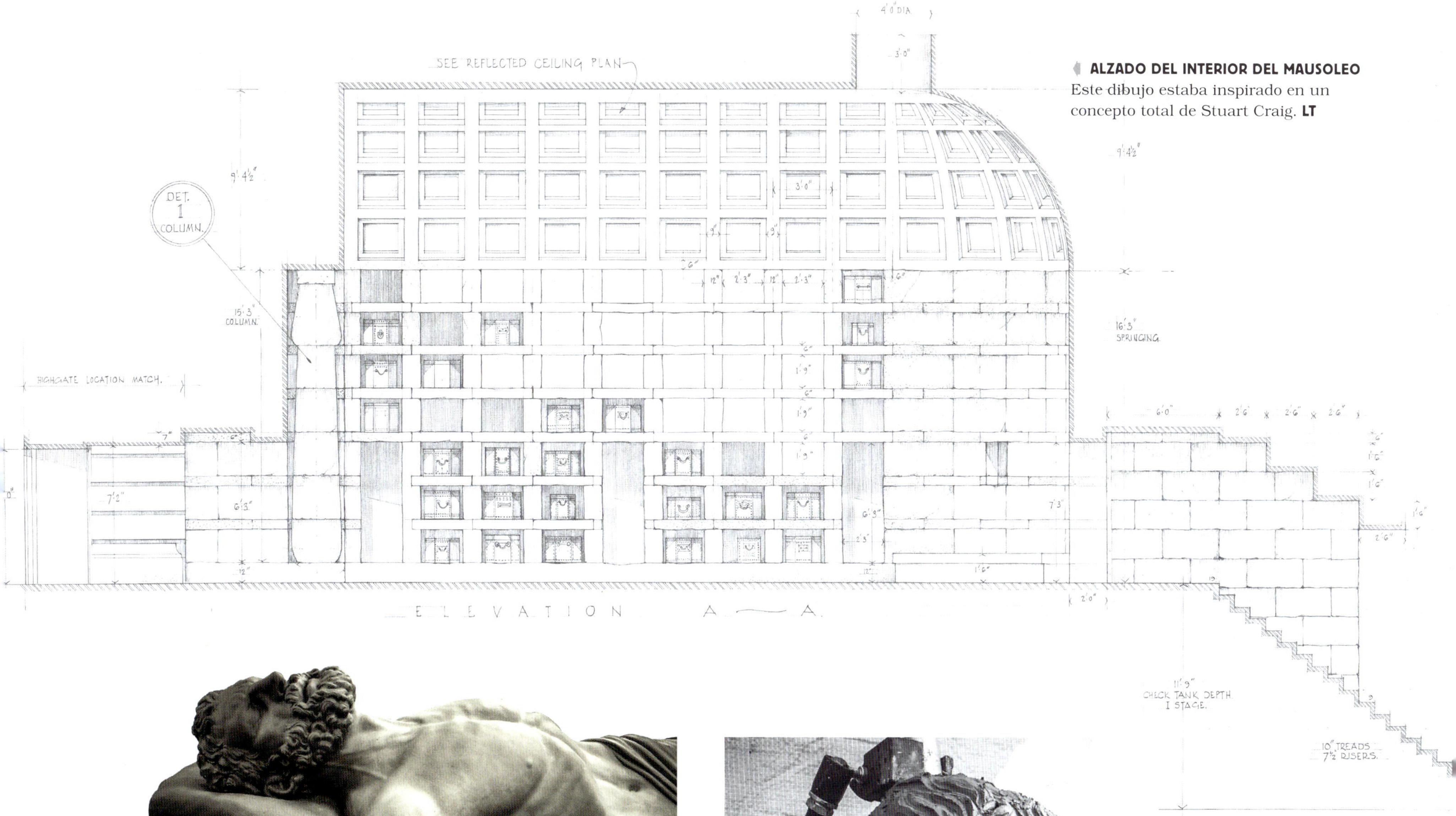

ALZADO DEL INTERIOR DEL MAUSOLEO
Este dibujo estaba inspirado en un concepto total de Stuart Craig. **LT**

FIGURA DE ESTILO ROMANO TARDÍO EN EL MAUSOLEO DE LOS LESTRANGE / JM

FIGURA FUNERARIA ROMANA EN EL MAUSOLEO DE LOS LESTRANGE / JM

EL MAUSOLEO DE LOS LESTRANGE
En esta serie de dibujos, comenzando por la página anterior, vemos a Jacob mientras corre por el cementerio Père Lachaise y entra en el mausoleo. Un espacio alto, lleno de viejos sarcófagos, pobremente iluminado mediante un tragaluz en el techo y algunas antorchas en las paredes. **KF**

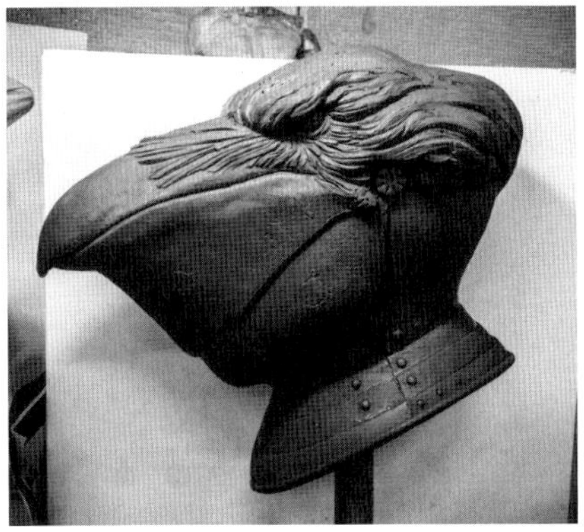

MAQUETA DEL MONUMENTO DE LOS LESTRANGE
Continuando con la temática de pájaros, este es un detalle del casco de cuervo del monumento de los Lestrange. **JM**

MAQUETA DEL CUERVO
Aquí vemos uno de los cuervos del monumento de los Lestrange. Quería que resultaran amenazadores, de modo que también contribuyen al tono general de la escultura. **JM**

ESCUDO DE ARMAS DE LOS LESTRANGE
Detalle del monumento de los Lestrange con un cuervo, el símbolo de su escudo familiar. **JM**

MAQUETA DEL MONUMENTO DE LOS LESTRANGE
Esto muestra a la hija afligida de un Lestrange de aspecto salvaje. Mira hacia arriba, hacia la figura de la muerte que emerge entre los cortinajes. **JM**

MONUMENTO DE LOS LESTRANGE EN DIGITAL
El concepto del monumento comenzó como una parte física a gran escala del decorado del mausoleo, pero, según avanzaba la producción, se trasladó a una localización donde no era posible instalarlo. **JM**

MAQUETA DEL MONUMENTO DE LOS LESTRANGE
Los cortinajes y los cuervos que ascienden trasladan la mirada hacia la figura alada de la muerte en el momento en que aparece para llevarse el alma de Lestrange. El punto de partida para este monumento había sido un viejo grabado encontrado por Stuart. **JM**

MAQUETA DEL MONUMENTO DE LOS LESTRANGE
Aquí se ve al protagonista del monumento a tamaño natural en arcilla, casi terminado. En este punto, el monumento estaba pensando para el centro de la planta del anfiteatro. **JM**

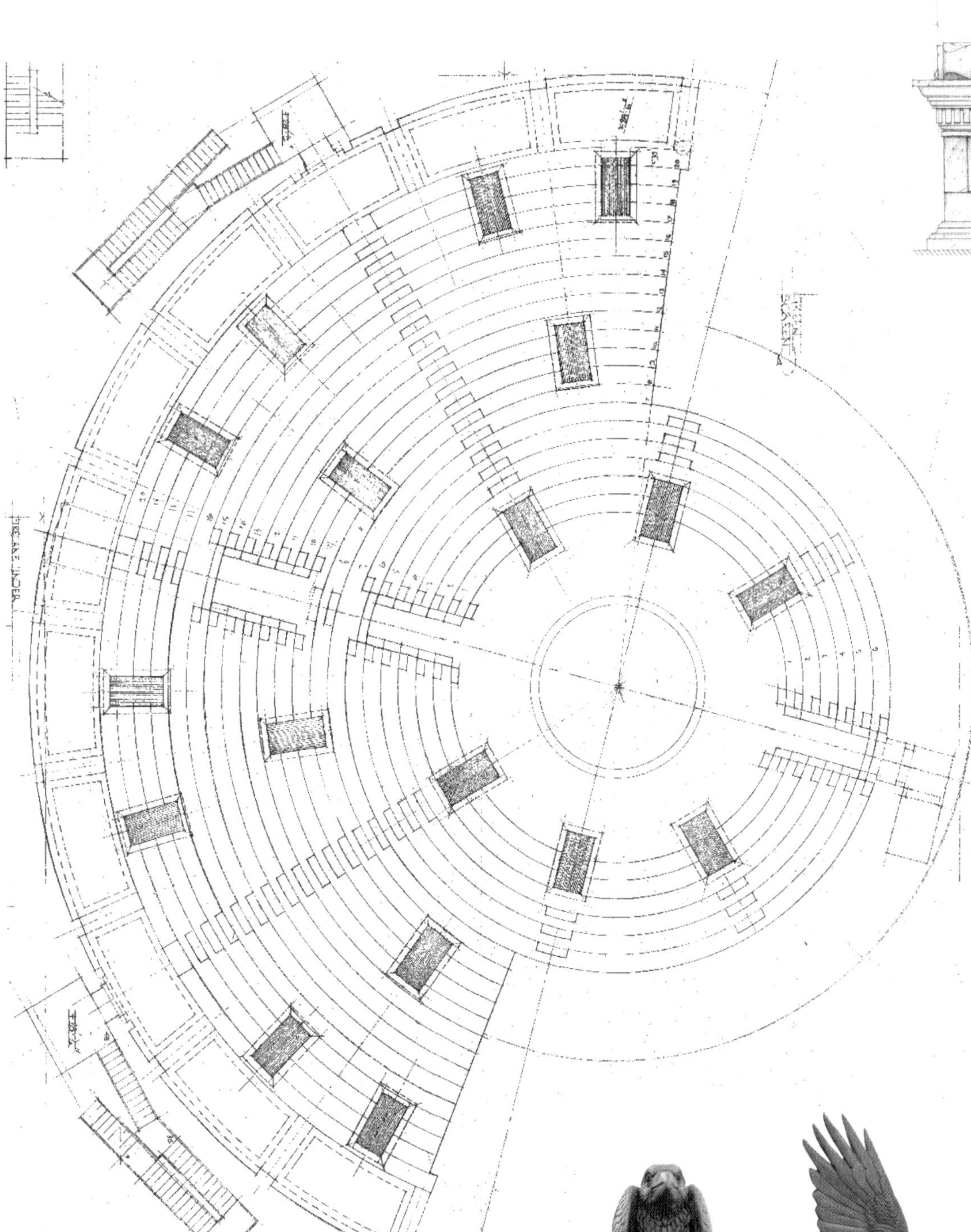

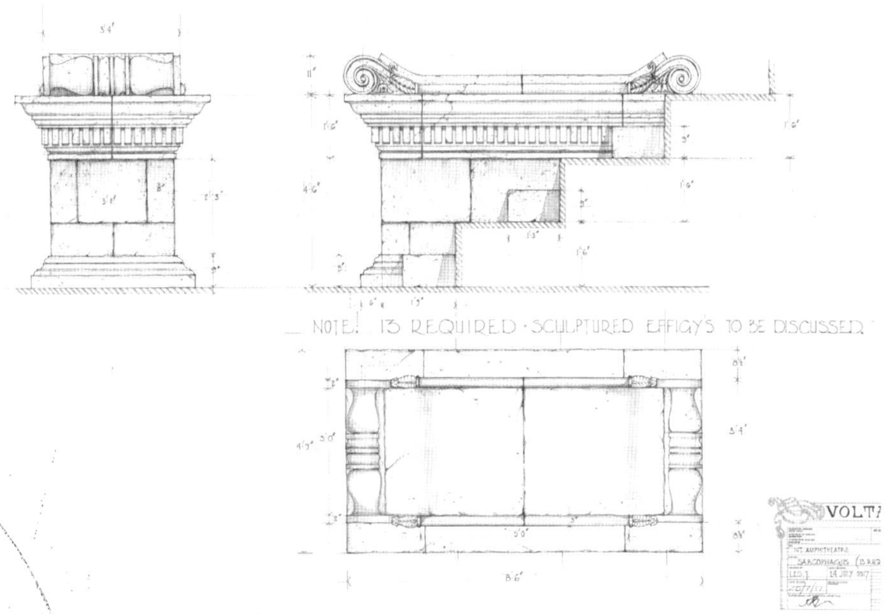

SARCÓFAGO INTERIOR DEL ANFITEATRO
Se dibujaron varios; este es una versión simplificada del estilo romano, que se convirtió en la base para las efigies esculpidas que se añadirían más tarde. **LT**

DETALLE AMPLIADO DEL EXTREMO DE UN PERGAMINO / LT

DETALLE DEL TEJADO DEL ANFITEATRO
Este boceto de un cuervo que sostiene parte de la estructura tenía que parecer amenazador. **DP**

PLANO DEL ANFITEATRO SUBTERRÁNEO
Para esto nos inspiramos en varios anfiteatros de todo el mundo. Cuando quedó establecido el aspecto, el conjunto general cambió muy poco. **LT**

MAQUETA DE CUERVO / KH

PANEL DE UN BAJORRELIEVE DEL ANFITEATRO

Este era un boceto para uno de los paneles que adornaban los niveles superiores del anfiteatro, que sería el punto de partida para la escultura de Kate. **DP**

ESCULTURA DE UN PANEL DEL ANFITEATRO / KH

‘El anfiteatro subterráneo se convirtió en un decorado de proporciones épicas, y a veces eso es lo único que se necesita para crear el escenario perfecto para un villano del calibre de Grindelwald.’

• EL ANFITEATRO / PP •

CONCEPTOS INICIALES DEL HECHIZO FINAL DE GRINDELWALD
Estas son algunas ideas iniciales sobre el aspecto que podrían tener las criaturas producidas por Grindelwald; aquí son una mezcla de serpiente y dragón, que emergería del infierno de Grindelwald. También quería explorar un aspecto más oscuro y humeante. **RZ**

LA MAGIA DE GRINDELWALD
En esta imagen, Grindelwald está empleando su magia para representar un futuro en guerra por el mundo no mágico. **SR**

DRAGÓN DE FUEGO / DF

LA MAGIA DE GRINDELWALD
Esta es una idea para la tormenta de fuego mágica provocada por Grindelwald. El color se utilizó para que pareciera fuego negro y fuera más intenso. **RZ**

CONCEPTO INICIAL DEL HECHIZO FINAL DE GRINDELWALD / FS

◀ EL HECHIZO FINAL DE GRINDELWALD
Estas ideas para el hechizo final de Grindelwald se inspiraron en las ilustraciones Inferno y *Paraíso perdido* de Gustave Doré. **BK**

▲ CONCEPTO PARA EL HECHIZO FINAL DE GRINDELWALD / BK

▲ EL ANFITEATRO
Este concepto pretendía mostrar cómo el anfiteatro quedaría sumergido bajo un montón de tierra. Es de noche, sin la luz azul convencional. **DP**

▶▶ CONCEPTO PARA EL ANFITEATRO
Las destructivas consecuencias del mitin de Grindelwald; la lluvia y la luz de la luna se cuelan en la escena para añadir atmósfera. **DP**

• AGRADECIMIENTOS •

Lo primero y más importante, me gustaría dar las gracias a George Bootman, del departamento de VFX, por conectarme con todo el arte y los artistas de todo el mundo que aparecen en el libro. Gracias también a Vicky Ralph, que lo entiende todo y a todos y siempre responde al teléfono, incluso cuando su trabajo en *Animales fantásticos: Los crímenes de Grindelwald* ya había terminado oficialmente. Mi agradecimiento al editor, Chris Smith, y al diseñador del libro Terence Caven, de HarperCollins, que tomaron mi borrador en bruto y le dieron la bonita forma que tenéis entre manos.

Un agradecimiento especial para el productor ejecutivo de Animales fantásticos Tim Lewis, que concedió a los artistas el tiempo necesario para producir el arte de calidad que exigía la película, y por supuesto gracias a J.K. Rowling, por seguir desarrollando el mundo mágico y darnos a todos una fuente de inspiración, y a David Yates por llevarlo a la gran pantalla.

Por último, y siempre, gracias infinitas a Stuart Craig, por animar a los creativos de su equipo para ser los mejores artistas que pudieran ser.

• LIST OF ARTISTS •

AB: Adam Brockbank
ABr: Arnaud Brisebois
ABu: Al Bullock
AD: Art Department
BK: Ben Kovar
CB: Conor Breen
CC: Christian Cordella
CH: Christian Huband
CHu: Carlos Huante
CM: Charlotte Malynn
DB: Dan Baker
DR: Dylan Baker
DF: Dave Freeman
DH: David Hodge
DP: Dermot Power
DW: Darrell Warner
DY: Dorrie Young
EK: Eva Kuntz
FS: Framestore
GA: Giles Asbury
HS: Hattie Storey
HES: Hayley Easton-Street
JC: Jadrien Cousens
JG: Julien Gauthier
JH: Jason Horley
JJ: Jama Jurabaev
JK: John King
JM: Julian Murray
JOH: Jamie O'Hara
JR: Jelle Rebry
KB: Ken Barthelmey
KF: Kim Frederiksen
KG: Kate Grimble
KH: Kate Hill
LF: Lydia Fry
LT: Les Tomkins
MD: Mark Dubeau
MK: Max Kostenko
ML: MinaLima
MLa: Michael Lamont
MS: Molly Sole
MV: Martin Verhoeven
PB: Pierre Bohanna
PC: Paul Catling
PG: Philippe Gaulier
PP: Peter Popken
RB: Rob Bliss
RZ: Rostyslav Zagornov
SC: Stuart Craig
SD: Stefano Dubav
SL: Sam Leake
SM: Scott McInnes
SR: Sam Rowan
TD: Tim Dutton
TS: Tyler Scarlet
YJ: Yvon Jardel

DETAIL 3 ROOF
DRWG Nº 05-04-47
DETAIL 4 DORMER and GABLE WINDOWS
DRWG Nº 05-04-48
NOTE! TO BE SLIGHTLY MISS ALIGNED HERE & THERE
CLAP BOARD
DETAIL 1 DOOR
DRWG Nº 05-04-45
DETAIL 2 WINDOWS
DRWG Nº 05-04-46
FRONT
RIGHT SIDE